蒋光慈宋若瑜情书全集

蒋光慈 宋若瑜 著

吴腾凰 编注

张瑞霞 整理

中国青年出版社

图书在版编目（CIP）数据

蒋光慈宋若瑜情书全集 / 蒋光慈, 宋若瑜著；吴腾凰编注；张瑞霞整理. — 北京：中国青年出版社，2023.1

ISBN 978-7-5153-6838-2

I.①蒋… II.①蒋… ②宋… ③吴… ④张… III.①书信集 – 中国 – 现代 IV.①I266.5

中国版本图书馆 CIP 数据核字（2022）第 226832 号

书　　名：	蒋光慈宋若瑜情书全集
著　　者：	蒋光慈　宋若瑜
编　　注：	吴腾凰
整　　理：	张瑞霞
责任编辑：	陈静　庄庸
出版发行：	中国青年出版社
社　　址：	北京市东城区东四十二条 21 号
网　　址：	www.cyp.com.cn
编辑中心：	010-57350502
营销中心：	010-57350370
经　　销：	新华书店
印　　刷：	北京中科印刷有限公司
规　　格：	787×1092mm　　1/16
印　　张：	17.75
字　　数：	180 千字
插　　页：	1
版　　次：	2023 年 1 月北京第 1 版
印　　次：	2023 年 1 月北京第 1 次印刷
印　　数：	1—5000 册
定　　价：	68.00 元

本图书如有印装质量问题，请凭购书发票与质检部联系调换。

联系电话：010-57350337

本书信内容源自20世纪20年代宋若瑜病逝后蒋光慈整理出版的《纪念碑》。

蒋光慈(1901~1931)

宋若瑜（1903~1926）

蒋光慈和宋若瑜

蒋光慈在张家口时的照片

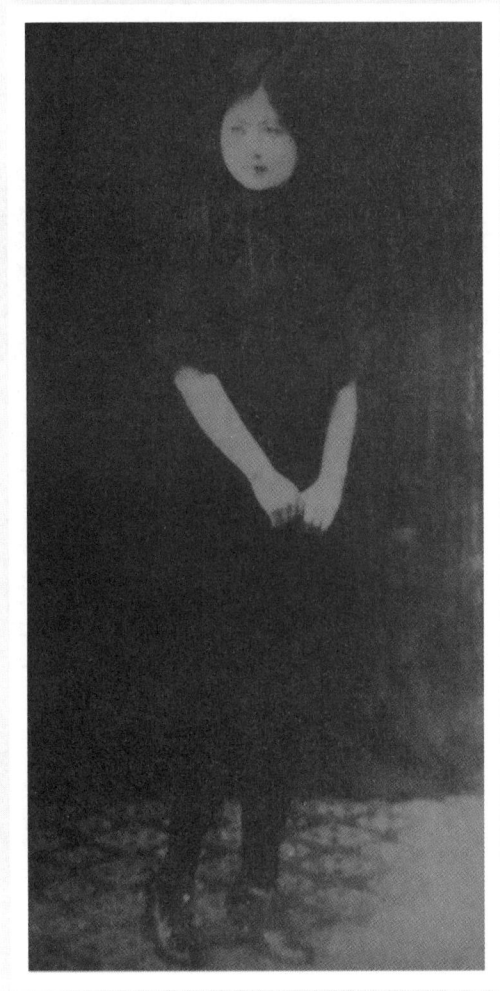

吴似鸿（1907~1990）。宋若瑜病逝后，蒋光慈同他的爱慕者吴似鸿同居，直至去世。（吴腾凰先生供图）

民国版本《纪念碑》。宋若瑜病逝后,蒋光慈把他们的书信整理出版,名为《纪念碑》。

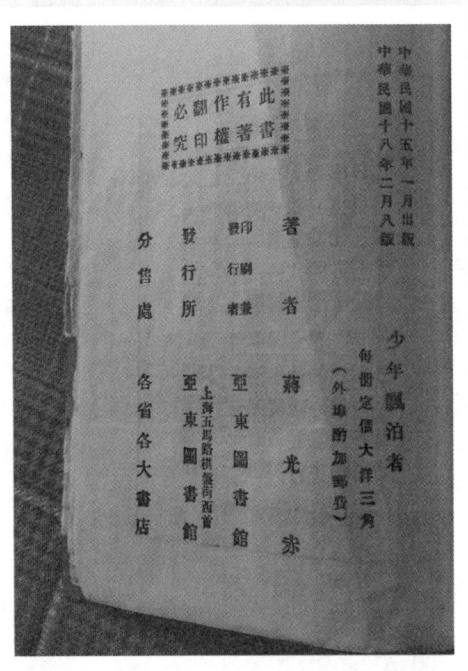

《少年漂泊者》书影。蒋光慈的这部作品在20世纪30年代风靡一时，成为革命青年的"圣经"。

蒋光慈与孟超、钱兴顿等人创办太阳社，主编了《拓荒者》《太阳月刊》《新流月报》等期刊，宣传革命思想。

目 录

前言 / 01
自序 / 13

上篇 宋若瑜致蒋光慈 / 1

第壹章
精神知己 / 3

第1封 寂闷 ………… 5
第2封 怀疑 ………… 8
第3封 兰花 ………… 10
第4封 赚钱 ………… 11
第5封 知己 ………… 13
第6封 不安 ………… 14
第7封 乏味 ………… 16
第8封 散步 ………… 18
第9封 安慰 ………… 20
第10封 爱力 ………… 21
第11封 心灵 ………… 23
第12封 爱情 ………… 25

第贰章
心有灵犀 / 29

第13封 诚恳 ………… 31
第14封 心安 ………… 34
第15封 生气 ………… 36
第16封 乡下 ………… 39
第17封 烦闷 ………… 41
第18封 快乐 ………… 42
第19封 勇进 ………… 44
第20封 母亲 ………… 46
第21封 玩笑 ………… 48
第22封 恋爱 ………… 50
第23封 焦急 ………… 53
第24封 慰问 ………… 55

第叁章
爱有阻力 / 57

第 25 封　阻力 ………… 59

第 26 封　珍重 ………… 62

第 27 封　体谅 ………… 63

第 28 封　分离 ………… 65

第 29 封　缭乱 ………… 67

第 30 封　责斥 ………… 69

第 31 封　烦恼 ………… 70

第 32 封　求信 ………… 71

第 33 封　恶劣 ………… 72

第 34 封　养病 ………… 73

第 35 封　头晕 ………… 75

第肆章
异地苦恋 / 79

第 36 封　鲜花 ………… 81

第 37 封　清静 ………… 83

第 38 封　赏月 ………… 85

第 39 封　文艺 ………… 87

第 40 封　功课 ………… 89

第 41 封　沉思 ………… 90

第 42 封　翻译 ………… 93

第 43 封　挂念 ………… 97

第 44 封　感激 ………… 99

第 45 封　跌跤 ………… 102

第 46 封　难过 ………… 104

第 47 封　心弦 ………… 106

第 48 封　谈婚 ………… 108

第伍章
见字如面 / 111

第 49 封　恍惚 ………… 113

第 50 封　保重 ………… 115

第 51 封　永久 ………… 116

第 52 封　想起 ………… 118

第 53 封　乱想 ………… 119

第 54 封　抚慰 ………… 121

第 55 封　高兴 ………… 123

第 56 封　退烧 ………… 125

第 57 封　勿念 ………… 126

下篇 蒋光慈致宋若瑜 / 127

第陆章
绵绵情话 / 129

第柒章
爱火燃烧 / 157

第 1 封　敷衍…………131

第 2 封　飘零…………135

第 3 封　悲观…………139

第 4 封　玉照…………142

第 5 封　帮助…………144

第 6 封　花香…………146

第 7 封　春光…………149

第 8 封　趣味…………151

第 9 封　领略…………153

第 10 封　北上…………155

第 11 封　态度…………159

第 12 封　旅行…………161

第 13 封　玉影…………163

第 14 封　燃烧…………165

第 15 封　伴侣…………168

第 16 封　沉醉…………171

第 17 封　煎熬…………174

第 18 封　抱怨…………177

第 19 封　默祷…………181

第 20 封　女神…………183

第 21 封　相思…………186

第捌章
热盼会面 / 189

第 22 封　梦魂 ………… 191

第 23 封　神往 ………… 193

第 24 封　来京 ………… 196

第 25 封　诗意 ………… 199

第 26 封　急煞 ………… 202

第 27 封　月色 ………… 205

第 28 封　猜想 ………… 208

第 29 封　疑惑 ………… 210

第 30 封　纯洁 ………… 212

第 31 封　寄托 ………… 216

第 32 封　健康 ………… 220

第玖章
经受考验 / 223

第 33 封　黯然 ………… 225

第 34 封　牺牲 ………… 227

第 35 封　坚信 ………… 230

第 36 封　拥抱 ………… 231

第 37 封　反抗 ………… 234

第 38 封　担忧 ………… 237

第 39 封　宽心 ………… 238

第 40 封　倘若 ………… 240

附录 蒋光慈致吴似鸿的两封信 / 241

第 1 封　西湖……………243

第 2 封　冷淡……………245

出版后记　……………247

前言

> 在云雾弥漫的庐山的高峰，
> 有一座静寂的孤坟；
> 那里永世地躺着我的她——
> 我的不幸的早死的爱人。
>
> 遥隔着千里的云山，
> 我的心是常环绕在她的墓前。
> 牯岭的高——高入云天，
> 我的恨啊——终古绵绵。
>
> ——蒋光慈《牯岭遗恨》

蒋光慈是中国无产阶级革命文学的先驱，宋若瑜是河南省开封市五四运动女学的领袖。两人六年相思，一年相爱，同居一月，便以"天长地久有时尽，此恨绵绵无绝期"的凄楚结局而告终。

蒋光慈，1901年生于安徽霍邱白塔畈（今属金寨县）的一个小商人家庭。原名蒋儒恒，后更名蒋光赤，号侠僧、侠生。7岁入学馆开蒙，后入河南省固始县志成小学。1916年考入固始县立中学。因校长对贫富学生相待亲疏悬殊，他伙同几位同学打了校长，结果被开除学籍。1917年入芜湖省立第五中学读书。五四运动中，被选为芜湖学生联合会副会长。1920年夏秋之交赴上海，经陈独秀介绍入上海外国语学社学习，接受马克思主义教育。1921年5月，与刘少奇、任弼时、萧劲光、曹靖华等受上海共产主义小组派遣赴莫斯科东方大学学习。1922年加入中国共产党。1924年6月回国，后被派到上海大学社会学系任教授。此间，受家庭强迫与童养媳结婚，不日便离家解除关系。11月与沈泽民等组建中国无产阶级第一个文学团体——春雷文学社。1925年4月，受党中央指派去张家口担任冯玉祥部苏联顾问俄文翻译。因要做革命文学家，不经组织同意，擅自返回上海大学教书开始文学创作。1927年"四一二"反革命政变后，便追随瞿秋白奔赴武汉。"七一五"汪精卫叛变革命后，他返回上海，与钱杏邨创办"春雷书店"。在瞿秋白的支持下，将从各地来的共产党员中的文艺战士组织起来，成立"太阳社"，编辑出版《太阳月刊》，大力宣扬革命文学。1930年2月加入"左联"，被选为候补委员。因反对"立三路线"的"左"倾冒险主义，不参加"飞行集会"等集体活动，于1930年10月被开除党籍。后著作全部被反动当局查禁，在贫病交加和内外压力下，于1931年8月31日死于上海，时年30岁。

中华人民共和国成立后的1953年，上海文联为蒋光慈迁墓安葬，夏衍同志主祭，陈毅市长在墓碑上题写了"作家蒋光慈之墓"七个大字。

1957年，安徽省人民政府批准他为革命烈士。1981年，他的骨灰盒摆放在上海龙华烈士公墓烈士堂。

蒋光慈150多万字的著作和译文被以选集、文集、全集等形式多次出版。他的作品在20世纪二三十年代影响甚大，特别是他的中篇小说《少年漂泊者》在青年中反响强烈。胡耀邦、陶铸、习仲勋等老一辈革命家就是读了《少年漂泊者》而投身革命洪流的。

宋若瑜，1903年出生于河南省汝南县一个贫苦农家。乳名小汝、汝妮，曾用名宋如玉。父亲名宋殿卿，母亲秦氏。他们先后生养了9个儿女，只存活了宋若瑜一个，所以对她百般宠爱。1911年前后，宋家迁居开封，并于1912年夏将独生女送到开封前营门县立女子小学读书。宋若瑜天资聪颖，成绩优秀，初小毕业即于1917年考入开封省立第一女子师范学校。学校教刺绣的丁明德老师，是鉴湖女侠秋瑾的同乡、同学。秋瑾牺牲后，她离乡北上开封任教。宋若瑜经常到她那儿谈心、求教，暗暗立下了"做一个爱国女杰"的壮志。

五四运动的浪潮波及开封后，开封的进步青年学生纷纷投入反帝反封建的行列，宣传新文化、新思想。时在开封省立二中的学生曹靖华和时在开封第一女师的宋若瑜都率先参加。随着运动的深入，二中学生曹靖华、叶毓情等于1919年底，以"发展个性的本能，研究真实的学问，养成青年的真精神"为宗旨，成立了青年学会。宋若瑜跨校加入，成为该会第一位女会员。1920年1月1日，会员捐款集资创办的会刊《青年》(半月刊)问世。接着宋若瑜又和一女师的同学们成立了以"改良黑暗的家庭,促进社会文明"为宗旨的女子同志会,并于2月16日出版了会刊《女权》(半月刊)。

开封二中的叶毓情,是蒋光慈在固始志成小学和固始中学的同学,对蒋光慈的为人、学识和斗争精神十分赞赏。经他介绍,在芜湖的蒋光慈成了开封青年学会的外省籍会员,还在会员的刊物上发表了诗文《读李超传》和《我对自杀的意见》。宋若瑜读后,觉得文笔流畅、旗帜鲜明,十分佩服。1920年4月,她主动给蒋光慈写信,表示愿与他"结为良友"。6月4日,蒋光慈给她复信,表示愿意彼此结为良友,终生毋相忘。蒋光慈在苏联留学期间,曾写过一信给宋若瑜,向她传播苏维埃盛况,宣传19世纪英国浪漫主义诗人拜伦,希望她读一下拜伦的代表作《恰尔德·哈洛尔德游记》;还希望她给自己写信,不要因交了新朋友而忘了故友……

1920年夏初,宋若瑜因积极参加学生运动被学校开除学籍。但她没有流泪,没有悲伤。1920年秋,考取了东南大学教育系,立志"当一个平民教育者"。但由于家庭经济困难,于1924年休学回开封,后经友人介绍,到信阳河南省立二师任教。恰在是年秋天,蒋光慈在上海打听到她的下落,于是便给她写起信来。

一开始两人都在投石问路,蒋光慈称宋若瑜"若瑜爱友""亲爱的若瑜友";宋若瑜称蒋光慈"侠生我的爱友""亲爱的侠生"。由于鸿雁往来,漫谈理想信念,交流爱慕情怀,彼此心灵上燃起了爱情的火花。

书信中的称呼也开始变了，蒋光慈称宋若瑜"亲爱的瑜妹""我最亲爱的瑜妹"；宋若瑜称蒋光慈"我最爱的侠生哥哥""我所爱的侠生哥哥"。信的字里行间，处处展现出情切切、甜蜜蜜。

可宋若瑜是个讲孝道的女儿，对父母言听计从。父母听人说蒋光慈是过激党，家中还有一段婚姻，不同意女儿与蒋光慈谈婚论嫁。无论宋若瑜怎么向父母辩解，父母就是不松口。1925年春，蒋光慈受党派遣到张家口冯玉祥处做翻译工作，宋若瑜与母亲去北京和蒋光慈见面。宋母见蒋光慈长得一表人才，有知识、有礼貌，十分高兴，但对他家乡与童养媳的婚事仍不放心。从北京回到开封后，宋母便托人到安徽去实地调查。当证实蒋光慈确实与童养媳的婚姻已经了断时，便同意了女儿的意见，让他们确定恋爱关系。是年9月，蒋光慈回到上海，宋若瑜也在他的支持下去东南大学复学。此间，蒋光慈数次到南京去探望，两人亲密无间，不忍分离。

1926年2月，宋若瑜于寒假期间在开封病重住院，蒋光慈由沪赶赴开封。宋若瑜觉得他的一句安慰的话语，胜似十副药的效验。宋若瑜康复后，在蒋光慈的鼓励下，便停止了东南大学的学业。1926年4月，宋若瑜在母亲的陪同下去了上海，蒋光慈为她们母女选租了一间房子，遵照她们母女的意见，先让宋若瑜到一家美术专科学校听课。蒋光慈课余时间前去看望她们并关照其生活。宋母在上海住了一段时间，觉得一切十分称心如意，便独自返回了开封。

1926年6月下旬，蒋光慈在上海卡德路（今石门一路）租了一间房子，便向社会宣布，他和宋若瑜正式同居了。两人陶醉在爱的酒缸中，如痴如醉。蒋光慈白天到学校上课，夜间写小说，浑身是劲。宋若瑜白天上学，晚上帮蒋光慈誊抄小说稿，一点也不觉得劳累。琴瑟友之，钟鼓乐之。蒋光慈的一位老同学专程从南京赶来贺喜，赋诗道："髫龄江海共飘零，忘却横流浊浪惊；杨墨不同今幻灭，淮南风风是乡亲。"

可惜，幸福苦短。就在他们同居仅仅一个月以后，宋若瑜病了。她高烧不退，食宿失常，一再出现头晕甚至休克现象。不诊自明，她的肺病复发了。蒋光慈心乱如麻，跑了上海数家医院，竟没有医院愿意接治宋若瑜这样的病号。后来，听说位于江西庐山的牯岭医院医疗条件好，愿意接治肺病患者，便决定去那儿治疗。

1926年8月初，宋若瑜顺利地住进了牯岭医院的内科病房。这家医院的规矩很严，不准家属陪护。就是探视，也只能在星期天。蒋光慈在那儿住了一个星期便匆匆回了上海。

经过一段时间的治疗，宋若瑜病情有所好转，她便向医院请了假，在中秋节早晨回到了上海，陪蒋光慈幸福地共赏了婚后第一个团圆之月。节后，蒋光慈陪同宋若瑜重返牯岭。也许是旅途奔波，宋若瑜回到医院后又发烧了，被转到传染科隔离起来，外人不准入房探视。蒋光慈无奈之下，只好住进了旅馆。为了驱逐焦躁和苦闷，他埋头进行文学创作，写了《橄榄》《逃兵》等几篇小说。不久，上海大学来电报催归，他只好隔着玻璃窗与宋若瑜告别。

10月底，牯岭医院给蒋光慈发来电报，称宋若瑜病危。蒋光慈日夜兼程奔赴庐山。这时宋若瑜正发高烧，一时清醒，一时昏迷。1926年11月6日，年仅23岁的中州女杰宋若瑜长逝于庐山。两天后，蒋光慈将她安葬在庐山公墓土坝岭。庐山的云雾无边无际，牯岭的遗恨河深海深。一抔黄土，一腔悲哀。

宋若瑜死后不久，蒋光慈编定了短篇小说集《鸭绿江上》，在扉页上特地注明"本书纪念亡妻瑜"，并附记悼念缘由的短语：

> 与若瑜决定正式关系不过一年，而这一年中她就完全在病的状态中。本书是在这一年中写成功的。现在本书出版的时候，她却久已离开人世，而无一读的机会。人世间真有许多难以逆料者！呜呼！

在宋若瑜一周年忌日来临之际，蒋光慈到安徽老乡、亚东图书社老板汪孟邹那里哭诉，说若瑜死后一周年了，自己应该去慰藉她的幽灵。但现在的时局使他不能成行，只能在黄浦滩上向那看不到的庐山洒泪。汪孟邹劝他应该把他和若瑜的历史写出一本书来，作为永久的纪念。他说，我也这样想，可只是一提起笔，心就颤动，头就晕眩，茫茫然，连一个字也写不出来。"这大约是因为我没文学才能去表达我的悲哀。"在汪孟邹的建议下，蒋光慈把他与宋若瑜的通信整理出来，一字不易地交给汪孟邹编辑出版，作为永远不灭的纪念碑。

在宋若瑜一周年忌日的1927年11月6日，蒋光慈为《纪念碑》

写了序。

《纪念碑》这本通信集,上卷收宋若瑜致蒋光慈书信57封,下卷收蒋光慈致宋若瑜书信40封,于11月在上海亚东图书馆出版。书前印有宋若瑜身穿短袖旗袍、肩披宽长拖到膝下的白色围巾,面容平静、额覆刘海的照片。

《纪念碑》忠实记录了这对五四学运领袖的曲折爱情历程。他们以文会友,以鸿雁传书的形式,交流爱慕情怀,传递反抗黑暗社会的理想信念。历时6个春秋,从友情到爱情,最后携手步入婚姻的神圣殿堂。他们俩的故事美好、纯洁、高尚而又动人。书信语言流畅,文字优美,感情真切,诗意中表达了各自的心声。他们相互咨探着、询问着、劝慰着,把爱与情写得委婉、雅致,令人陶醉,回味无穷。他们俩在信封内互寄各自养植的兰花,用兰花表达彼此求爱的心情,希望对方化为蝴蝶,"眠向花深处"。

《纪念碑》反映了他们两人相亲相爱的深厚基础。其一,两人都憎恨人间不平,都敢于反抗黑暗势力,向往光明的未来。宋若瑜在信中说:"侠生!你以为我是一个贪生怕死的贵族式的女子吗?哈哈!你猜错了!你是一个革命者,我也是一个反抗者。我反抗宇宙间一切不平等不自由的待遇!我咒诅所有的资本家及帝国主义者。这种反抗或是我的生性。我自幼就爱反抗。因为反抗,所以在开封一女师被开除了——但是我很愿意为这种有价值的反抗被开除。"蒋光慈同样说:"诗人的伟大在于他能够反抗一切黑暗。帝国主义者对待中国人真是黑暗极了!我反抗，我一定要反抗……"其二，他俩有着共同的志向和爱好。那志向就是炼铸能力，投身革命，服务社会，而文学又是他们共同的爱好。从《纪念碑》所展示的情况来看，宋若瑜不仅能歌善舞，而且具有较高的文学天赋。她会写诗，会翻译，有敏锐的感知、悟性和表达能力。这点很受蒋光慈的赏识和称赞。他不止一次地说宋若瑜是他的"司文艺的女神"，甚至说"我想我俩将来走一条路，我希望你也勉成一个女诗人"。

波兰作家廖抗夫的剧本《夜未央》，蒋光慈在中学时代就十分推崇。他把剧中的男主角华西里比为自己，视宋若瑜为华西里的爱侣——女革命党人索菲娅。蒋光慈写诗说："此生不遇索菲娅，死到黄河也独身。"蒋光慈把宋若瑜变成女英雄，当作同心同德的司文艺的女神，她在他的心中几乎占据了压倒一切的位置。他的火一般的热情向她尽情倾诉，才情洋溢，浮想联翩，胸臆驰骋，情深意浓，构成了《纪念碑》中蒋光慈书信的突出特点。

《纪念碑》中两人的情书，情切切，意绵绵。著名现代文学研究家林非先生在他的《现代六十家散文札记》中说："在蒋光慈和他的妻子宋若瑜的通讯集《纪念碑》中，收有蒋光慈的书信40篇，是写得很有抒情意味的散文，描述了他在初恋中纯洁的感情。作者从书信中流露出的感情，间或也有些才子佳人的味道，然而他对爱情的态度相当严肃，比创造社有些作家在这方面的描写，是要显得高明的。"

《纪念碑》记录了五四时代青年男女对爱情自由的追逐和欢呼，镌刻了青年追逐爱情的心迹和携手投身时代潮流的脚印。由于感情充沛，诗情四射，为时而著，撼人心魄，所以深受读者喜爱，从 1927 年到 1929 年就连续出了 5 版。《纪念碑》是"五四"革命先辈留给我们的精神食粮，我们要对这些为数不多的遗珠倍加珍惜。

1928 年 11 月 6 日，是宋若瑜逝世两周年忌日，蒋光慈诗笔和泪，哀思如潮，近 80 行的悼妻诗《牯岭遗恨》，一唱三叹，喷泻而出：

> 庐山的风月永远是清幽，
> 你在那儿终古漫游，
> 漫游，漫游，朝朝与暮暮，
> 永远隔绝了人世的烦忧。
> 让我在生活中永远地孤寂，
> 只留着对于你的一番回忆，
> 让我为着纪念你的缘故，
> 永远守着那革命诗人的誓语……

在宋若瑜病逝 3 年以后，经田汉介绍，蒋光慈与南国社演员吴似鸿（1907～1990）于 1930 年春同居。婚后的生活在短暂的幸福之后，便是贫病交迫。1931 年 8 月蒋光慈病逝后，吴似鸿浪迹文坛艺海。直至中华人民共和国成立后，她正式加入文艺队伍，才有了比较稳定的生活，安享晚年。

在蒋光慈短暂的一生中，都在梦寐以求真正的爱情。可三次婚姻都给他留下了深深的苦痛。他与第一任童养媳的婚姻时间，是以"天"计算的，前后不过几天；与第二任妻子宋若瑜的婚姻时间，是以"月"计算的，前后不过四个月；与第三任妻子吴似鸿的婚姻时间，有幸可以以"年"来计算，但满打满算，也"只有二十一个月"。悲怆，哀哉！

是为序。

吴腾凰

2021 年 3 月于滁州

自 序

若瑜死了已经一周年了。今天是她死后周年的忌日，我有什么话好说呢？我只有表示不出来的无涯际的悲哀、深沉的苦痛！除了悲哀与苦痛而外，我还能说些什么话呢？有什么话可以表示出我的心境来？

今天我应在烟雾迷蒙中的牯岭上面，伏着那凄凉的、被风雨所飘零的孤坟痛哭：一方面吐尽生者的悲哀，一方面慰藉死者的幽魂。但是因为时局的影响，我只能立在黄埔滩上向着那遥远的、不呈现面目的庐山洒泪。"魂兮归来，我的爱人！魂兮归来，我的若瑜！"唉！对于我只有这凄惨的泣号，除此凄惨的泣号而外，我没有其它的东西可以为对于死者的奠祭。

在这若瑜死后的一周年中，我总想将我与她的历史写出一部书来，作为永久的纪念。但每一提起笔来，我的心就颤动了，我的头就昏眩了，茫然不知从何说起，怅然不知如何表示，直到如今连一个字儿都没写出来。这大约是因为我的文学天才不能充分地表现出我的如海一般深的悲哀来。喂！我还配称一个文学家吗？若瑜呵！我对不起你！我对不起你呵！

也许我终究是要把这一本书写成功的。现在且让我把我俩的通信整理一下，一切都仍其旧，一字不易地印出书来，作为一个小小的纪念碑。我俩所通的信当然比现在所印行的数量要多些，但是因为有很多的信都被散遗了，无从收集，只得仅限于此了。

惯于流浪的我，行踪不定，今天也不知明天要到何处去。因之这些尚存留的信札，再将被我遗失了，也是意中事。但是这些信札是我此生中的最贵重的纪念物，我应当将它好好地存留起来，不但要借之以纪念死者，并借之以为生者的安慰。若瑜虽然是死了，但是她所遗留给我的爱迹是永远存在的。我把这本书印行了，也许读者要骂我为多事，但是我却以为这是我应当做的事。

我现在说不尽若瑜所有的好处，她的贵重的性格，她所给予我的真诚的爱……当她生的时候，我还不觉得她对于我是这般的贵重，但是现在……唉！我的天哪！你竟永远地将我的贵重的若瑜夺去了！我诅咒你，我永远地诅咒你！

倘若若瑜还健在的时候，那她将要如何地督促我，鼓励我，安慰我呢！她生前很坚决地希望我成功（为）一个伟大的平民文学家。因之，她除了安慰我而外，还能督促我，鼓励我。但是现在呢？她死了……我还是这般地无成就！我惭愧我辜负了她的希望！

我曾幻想与若瑜永远地同居，永远地共同生活，永远地享受爱情的幸福。但是在这一生中，我统共只与她同居了一个月，短促的一个月！唉！这是她的不幸呢，还是我的不幸呢？我陷入无底的恨海里。我将永远填不平这个无底的恨海。

在此填不平的恨海中，让这一本书信的集子作为永远不灭的纪念碑罢！

蒋光慈

1927年11月6日于上海

上篇

宋若瑜致蒋光慈

蒋光慈是中国无产阶级革命文学的先驱，宋若瑜是河南开封五四运动女学的领袖。两人志同道合，六年相思，一年相爱，同居一月，便以"天长地久有时尽，此恨绵绵无绝期"的凄楚结局而告终。

这一部分收入宋若瑜致蒋光慈的情书57封。在这些书信中，宋若瑜除了谈革命理想和抱负外，更大胆地表达着自己的浓浓爱意和深切思念，从相互爱慕、精神知己发展到无法抑制的爱力，她对蒋光慈的爱愈发不可自拔。

《第壹章》 精神知己

"很相信我俩是精神上的知己朋友！"

"我现在对于你已经发生了很热烈的不能抑止的爱力！感情已经战胜了意志！我友！你知道我吗？"

1920年夏，宋若瑜在《青年》上读到蒋光慈发表的一篇文章，被深深吸引。不久，她给蒋光慈写了一封信。在信中，她表达了自己对革命的一些看法，至此两个素未谋面的人有了交集。随着书信交流的深入，他们彼此欣赏，互作精神知己。

第 [1] 封 · 寂闷

侠生我的爱友：

　　你的一月十一号的信，我今天收到了。我自信阳一共寄你五封信，你为什么只收到两封呢？末次的两封信皆用红水写的。一封是在信阳车站写的。怪事，我由信阳寄的家信也失了一封。我想这一定是邮局遗失了，或是学校夫役没发。不然，是不能失去的。

　　我因为好久没接你的回信，我以为你已离开了上海，所以也没把相片寄你。因为没寄，一天我没在家，竟被一个同学拿去了。她留一字云："玉妹！你赠你爱友侠生的小照，我现在拿去了。请你再洗一张给他罢！"我现在已经又去洗了，三两天内就可以寄你，请勿念。

　　侠生！我知道你的精神生活是很枯寂的。你每次的来信，我念了几次，不禁为你表现无限的同情！我友！你的精神生活枯寂，我的精神生活又何尝有乐趣！幸而我还能自慰，不然，我早就流于悲观自杀！我友！我很希望我友能自己安慰自己，对于任何事物皆放冷静些！

我友！你说世界上没有爱你的人，这话我个人是不相信的，因为你是一个可爱的人！

我下学期不想再教书了，因为教书的生活太麻烦，并且我不愿做学校管理。我在二女师本来是教务，下学期他们叫我担任斋务主任。我很不愿意任斋务。我在二女师虽是教书，可是和学生一样的孩子气，没事的时候和她们一阵儿跳舞呀，唱歌呀，说呀，笑呀。我没把她们当作学生，她们也没把我当作老师。我们大家好像同学一样。因为我的性质是生来的小孩子气，并且我也不愿意以严尊的态度与老师的架子对她们，她们也都很能努力地读书。所以我很爱她们。

下期若不去二女师教书，一定去南京了。我若去南京，我还想于暑期前后去杭州一游，过上海也想玩两天。

我刻下在家的生活非常寂闷！天天除了和我慈爱的母亲谈谈闲话，就是一个人闷坐在屋子里，看点儿书或者弹弹风琴。再闷狠了的时候，就找婶母家的小妹妹来玩。但是有时候也讨厌她们来闹，很愿意一个人坐着。哎！总之，也是无聊！介石姐回家这么些天了，可是她还没来信呢。不知为什么，我真悬念不已！

几年来我的同志友人有许多已经嫁了人。她们现在不惟得不到什么快乐，并且得到了许多苦痛！我很可怜她们。吾之至友余培之姐于今年暑期内与宋屏东君结了婚。他俩起初爱情很好，后来不知为什么他对她就不很好了！现在培之姐是很痛苦的。我昨天接了她的一封信，我读了之后难过异常。哎！我也不知为她洒了多少同情泪！因为这个缘故，我很希望我能成一个独身主义实行者，以免去这些无味的苦痛！

我既从事于教育，我很愿努力地继续研究教育，以造成一个平民教育者。可是我现在觉着我是一个毫没学识的人！想自己的志愿成功，必须抱着杜门谢客、埋首读书的态度。最可恨者即是我的身体大不如以前的康健。自从我到南京读书到现在身体总是多病，所以我有时对于我自己的前途很抱悲观！我友时常说人生以身体之康健为最重要，信哉斯言！我知道我友是很能自爱的人，不过我还希望我友此后少吃些有刺激性的东西，亦卫生之一助也！我友以为然否？

余容再谈。敬祝你的精神愉快。

你友若瑜手书

1925年1月22日

第 [2] 封　怀疑

亲爱的侠生：

你说我称你爱友使你怀疑，我也不和你辩论，因为我知道这不过是你一时的懊丧语。（处在这种冷酷无情的人们当中也不得不令人怀疑！）只是我总希望我们朋友彼此决不可有虚伪的心意和怀疑的态度！怀疑的朋友不是真的朋友。

我很相信你我是真诚的、友谊很深的朋友。因为我相信你，我也相信我自己是真诚的、富于感情的、不肯有负于人的人！或者我友以为不然。

世界上惟介石姐是个真正知我爱我的朋友！

我很希望我友能回家探探双亲，因为

他们许多年不见你了，一定是很想念你的。你回家一次可以安慰双亲，也可以安慰你自己了。我友以为？

我的信你收着吗？相片还须三五天才能寄去，因为这几天阳光不好。

数日来精神烦闷，缭乱至极！再谈。敬祝你的精神愉快。

若瑜手书

1月24日

第[3]封 · 兰花

亲爱的侠生吾友：

今天接到了你的二月廿六号的信，知道你已经搬了家。我以前给你的信，你收着了吗？大约是三封信，请你去学校门房问问看！

我因为种种困难情形，又来信阳教书，大约本学期是不能脱身了。暑假后是一定要去南京的，或能去杭州玩玩。我近来也是很寂苦的！

我听你说你栽了兰花，我今天也买了几盆兰花种上了，大约三两天内就可以开放她清香而幽美的花儿！看了她也生了无限的安慰，因为她与江南的兰花儿是同一的幽香。

数日来，精神不大好，不能多写字，再谈。敬祝吾友愉快。

你友若瑜上

4日

第 [4] 封 赚钱

侠生我的爱友：

你三月六日的信，我收到已经好几天了。因为我精神不好，没有复你。这几天已经痊愈了，望勿为念。

亲爱的侠友！我知道你是很希望我能去南京上学，但是我又何尝不愿意去南京上学呢？我所以又来信阳的第一原因是二女师恳留，第二原因就是为我的上学经费没有着落！我父亲不肯完全担负我的上学经费！我自己又没多余钱。我以前上学都是用我母亲的钱，可是现在她也没多少钱了！所以我不得不再积蓄些经费再去上学。

我友！我知道你是很寂苦的。我很希望我自己能多有些工夫来安慰你，我更希望你自己能自慰自爱，时常去和自然界接触来安慰自己。

我近来精神还算爽快，时常有些可爱的女郎来和我玩玩。余培之姊虽在附小教书，但是我也时常去和她玩。我们也时常去城外游玩。

我有时候烦闷起来，总不爱和一切的人说话，总爱一个人沉思，或者看看书，弹弹风琴。

上海有卖很好玩的画片吗？若有，请买几张给我。

吾友！你在上海租房住吗？为什么不住在学校里？现在上课了，不能再写。祝你精神愉快。

你友若瑜

3月13日

第 [5] 封 · 知己

侠生我的爱友：

　　我十四号给你的信，你收着吗？我今天接了你三月十号的信，知道你为我本学期不能上学很着急。我所以不能去南京着实因为二女师坚留，第二是为经济。

　　我从来不好向朋友道穷！昆源知道我的经济问题，大约是培之姊和他说的。不然，他怎么会知道呢？我也不时常和他通信。

　　我很相信我俩是精神上的知己朋友！精神上的知己终有见面的一日。况且未见过面的朋友更比见过面的朋友有趣而亲切些！我友又何必急于见面呢？

　　现在同学生旅行去呢，下次再写。祝你康健和愉快。

你友若瑜上
3月15日

第 [6] 封 · 不安

亲爱的侠生：

　　你寄我的画片、三月十九的信及兰花，我都收到了！因为种种杂事忙得我好久没给你信！我这几天总是觉着心中不安，好像有很关紧要的事没有办似的，大约就是因为没给你信的缘故罢。

　　我接了你这次的信及兰花，心中异常快活！我自己也不知道为什么要快活！哈哈！一笑！

　　我的兰花还没开呢，真急人！等它开了，我一定要寄你一朵！

　　你说你编讲义很麻烦，我真相信。你为什么不叫学生自己记笔记呢？

上大有女生否？学生程度如何？一共有几多学生？

我这几天仍然是忙得不得了而了之！明天我们要追悼孙中山。

我有许多话要和你说，可是今日没有工夫！过了明天再谈罢。祝你快乐。

你友若瑜上

31 日

第[7]封 乏味

敬爱的侠生：

又好久没接你的信了！计算已经十几天没来信，你忙吗？精神不好吗？不知为什么心中总是不安……

你上次来信说，你的教书生活很乏兴味，我刻下也与你同病，比你还麻烦些！天天这些杂事我真不耐烦管！职员就是公仆，什么看护、医生、夫役、厨子、账先、教书匠……做个全套！哎！真把我麻烦死了！我已经辞了几次，奈校长等决意不允。我在家还是小孩子一样，怎么会管这些事呢？上学期我只教书，精神倒多快活！这学期把我忙得也不顾自修功课。真烦死我。

今天同她们一阵儿去乡下旅行。她们都小

孩子样地采了人家许多花儿。我叫她们呢，她们也不言语地对着花儿笑，表示她们爱花的活泼姿态，煞是可爱。她们偷的花送了我几枝儿，我现在送你几朵儿，分点儿贼赃给你。哈哈，一笑。

我很爱二女师的学生，不然，我非刻下辞职不可。

我很爱自然，尤爱图画，惟我没有艺术天才，亦一恨事！我总爱画，但是总是画得不好。我气了现在也不画了。我想我终身从事于教育，专研究教育与心理学。我也好文学，然尚未得门径，望我友时常指教我，勉励我。

介石姊打算暑假后去上海入美术专门，惟不知该校办得究竟如何。我友能代打听否？

现在夜已深了，她们都沉沉地睡去。起了风，又下了细雨，身上觉着有点儿冷。睡觉去，容日再写。敬祝我友精神愉快。

你友若瑜上

4月1号夜12时

我的兰花还没开，真恨人！

第 [8] 封 · 散步

亲爱的侠生：

你寄来的两本书我都收到了，信也看了。我现在急于看你的《新梦》。若出版了，望先寄我一本。

二女师不久要开一个游艺会，所以我现在非常地忙。我想叫她们排演《咖啡店之一夜》。此一剧好极，不知她们能演得好否。她们都很活泼天真，或可演得好。附小六年级昨天排演《广寒宫》，演得尚好，惟跳舞不能活泼，表情尚佳。

昨天闷了，早上就与培之姐去野外散步。我俩坐在小河边的沙滩上默想……她睡觉了。我自己望一望远山上的青光、村中的炊烟和水上的波纹，煞是优美：风声、水声、小鸟声——一种自然的音乐真是好听啊！不由得使我念及我友的机械的枯寂的生活又很难过。我友！我将何以慰你呢？生活太机械了于身体有伤，我很希望我友也时常约一二友人谈谈或玩玩。我天天无论如何的忙，总要抽些工夫去玩玩或是与她们说说笑笑。

我很好野外游玩，可惜我没文学手腕，不能描写她的真美。若我友在，一定要作好诗来描写她的美呢。忙得很，再会。祝友康健。

你友若瑜上

4月7日

第 [9] 封 · 安慰

亲爱的侠生：

我接了你这次的信（四月二号和三号的信），心中非常难过。你如此的寂苦，我将何以慰你？我爱的友！我用最诚恳的态度劝你要自爱，努力地自慰，不要多思多愁！要知道人生是寻快乐的，不是为着痛苦而生存的。你说我说的话可以安慰你，那么我一定要多抽工夫来安慰你呢！

我这几天很忙，因为不久二女师要开游艺会，许多事都是我须做的。我给你信你都收到了没有？

小钱袋儿是我亲手做的，现在送给你玩玩，或可少使你得些安慰！

忙得很，再会。敬祝你精神快活。

你爱友若瑜上
4月11日

第 [10] 封 · 爱力

亲爱的侠生：

你的快信我今天收到了。啊！我竟为了它闷了这么些天！

我于寄你袋儿的一封信之后，还有两封信给你。你大约没有收着。我请你快点把信要回来为要。你从上海寄给我的信及相片儿，我都收到了，请勿念。

侠生！亲爱的侠生！我现在对于你已经发生了很热烈的不能抑止的爱力！感情已经战胜了意志！我友！你知道我吗？

你劝我去北京读书，我是很愿意去的。不过刻下我恐怕不能脱身，因为二女师只有我一个女职员、我是执行教务及斋务等等，若我一离校，恐难维持。

我于暑期一定要来北京一次的。北京若没相当学校给我读书,我再跑回东大去。

我因为病了两天,弄得精神不大好起来,但是今天已经好得差不多了,请你勿念。

头疼,余容再写。祝友愉快。

你友若瑜
4月28日

第 [11] 封 · 心灵

亲爱的侠生：

我今天接到你自张家口寄来的第二次信，知道你仍未回京。我以前寄给你四封信，（北京阮君处）大约不致遗失罢。

我因为脱不了身，所以也没能回开封，也不知道我母亲的病况何如！

近来我的精神很不好，不知为什么天天沉闷得不得了！惟有接到你的来信的时候，才能得到一些儿安慰和愉快。

侠生！你说我的小照随你到处跑，但是我的心灵又何曾不是随你到处跑呢！我自己也不知道我的心灵为什么要随你到处跑！侠生！你能知道吗？

心中烦闷，不愿多和你谈，使你得到不安。

请你到京就给我来个信。

余容再写。敬祝你的生活安全。

你友若瑜

5 月 14 夜

夜

夜深了，

一切的声音静了，

宇宙的一切都沉默了。

澄碧的天空，

皎莹的月光，

只有微风吹动树叶儿响。

我静静地坐在树荫的深处默想……

寂静呵，

清幽呵，

月儿走近了。

她笑了，

她蜜蜜地笑了。

她从树叶的空隙中漏进来一朵朵皎洁的倩光———

映在我似愁非愁的面孔上，

使我不得不对她呆望，幻想：

倘若我能生出两翅，

我一定要飞到月宫上，

望一望我那唯一的神交知己，

在塞北是什么样情况！

瑜写于 5 月 9 日夜

第 [12] 封 · 爱情

亲爱的侠生：

你已经回北京了吗？我心很为你安慰！你为什么一礼拜以后又要去张家口？我以为你还是多休息几天好，你以为？

我因为没脱开身，所以也没回开封。但是我母亲的病已经好了些儿，请勿念。因为我说要去北京读书，大受我父亲的反对。他说我太小孩子气了，为什么在南京读书好好的又要跑到北京去。但无论如何我暑假一定要去北京玩玩。因为我早想去北京旅行，况且又有我亲爱的你在北京，我如何能忍着不去北京呢！去！决定去北京！

侠生！阮君是你很好的朋友吗？他做什么事情？

侠生！亲爱的侠生！你认清楚了我吗？你相信我吗？你真诚恳地爱我吗？侠生！我感激你呵！我的侠生！我为什么抑止不住我要爱你呢？我自己也答不出来。我总希望我能诚恳地热烈地永远地爱你一个人！我的侠生，你能永远地爱我吗？

我相信我的爱情是不容易发生的，既发生更不容易减少的——这或者是我痛苦的根源吧？

我的侠生！我现在才相信意志是战不胜感情的啊！

我现在在这里的生活是很忙的，天天是没有一点儿工夫看书的，所以我心中很急躁。我每次给你写信总是到夜里，白天是没有一点工夫。

近来不知为什么我总烦闷得不得了！那几天因为烦闷精神弄得不好起来。这几天仍然是沉闷得很！除了接到你的信的时候才可以得到一些儿安慰！

二女师有位国文教员周仿溪君，他对于诗学很有兴趣。他在报上时常看见你的作品，他很佩服你，所以他很愿意和你研究文学。他托我从中介绍，你愿和他通信吗？他是本学期才来教书，我也不很认识他。

侠生！我去年第一次寄给你的一张合影——我和杨许二女士的合影，请你寄还我。杨女士因为婚姻，去年已经死了！哎！可怜的她呀！

余再谈。敬祝你康健。

你的爱友若瑜

5月18日

第贰章 心有灵犀

『我的侠生！我的灵魂随着你跑；你的心灵随着我动。这不是我们爱力的表示吗？』

宋若瑜与蒋光慈鸿雁传书，虽然素未谋面，但随着书信交流的深入，彼此发现有着共同的革命理想和志趣爱好，两颗心越走越近。于是从最初的崇拜变成了爱慕，在信中确定恋爱关系，进行了长达六年的异地书信恋。

第[13]封 诚恳

亲爱的侠生：

你的第二封快信，我今天收到了。

我的侠生！你如此地爱我——诚恳地爱我，真令我感激不尽！亲爱的侠生！我以后决定好好地爱自己——好好地爱护你的灵魂！

我现在也没有什么大病，还是以前在南京读书的时候，受了一点儿劳，所以弄得肺部有点小毛病，到现在还是不能多用心多思虑。若心中一烦闷就要生病。可是过几天自己也会好了的。我这几天可以说是完全好了，请你放心罢。

侠生！你以为我是个很能干的成人吗？哈哈！你错了，我是一个很天真很不知道什么的小孩子！她们都笑我是一个小孩子式的学监，整天和她们唱呀！跳呀！笑呀！上礼拜她们惹我气了，我立刻要收拾行李回家。她们拼命地挽留，所以我也没走成！我的母亲和介石姊时常说我这样孩子气怎么能教书呢！我亲爱的侠生！你也笑我吗？

我的母亲是最爱我的一个人！侠生！你现在也成了世界上最爱我的一个人了！哈哈！我是何等的幸福、何等的快活！我的侠生！你能终身地爱护我吗？啊！你和母亲都是宇宙间最爱护我的人吗？

我母亲的病已经好了，请你不要念她。

侠生！我亲爱的侠生！我刻下不能到北京去，使你失望，我很对不起你！但也是不得已，请你原谅我。我想我暑假一定可以去北京一次。侠生！请你想一想：我们第一次会面的时候的快乐是个什么样？哈哈！恐怕你也说不出来那种快乐的情形呢！

我以为精神之爱是真正的高尚的很有趣的爱。我的侠生！你以为？

侠生！我是不会作诗的，没有作过诗的。那不过是一时高兴随便地将我的心境写了一段。不能算是什么诗，只能说是乱写，请你不要客气地给我改正改正。

我最后的两封信你都收到了吗？我想你

接到我这封信的时候，恐怕你已经快要去张家口去了。你若去的时候，请你给我一个信，并请将在张家口的通信处告我。

无情的计时钟现在已指到下午一点多钟了。不再多写了，明天再谈哟。再会，我的侠生！祝你精神好。

你爱的若瑜

5月19日夜

第 [14] 封 · 心安

亲爱的侠生：

　　我今天接到了你的两封信，一封是从北京寄的，一封是从张家口寄来的。你从北京寄的两封快信，我也完全收到了，并且即时都有复信给你，你为什么都没见着呢？我想你离京的那一天信一定可以到的，或者奚女士现在已经把信转给你了。若没转给，请你赶快写信请她把信转给你。

　　我亲爱的侠生！我的病已经完全好了，精神虽有点沉闷，可是有时也可以得到许多安慰。我的侠生！请你不要老念着我！你心不安，不快乐，同时我也感觉十二分的不安啊！我最亲爱的侠生！我此后决定努力爱自己——使你心安，使你快乐……

　　侠生！我因为种种关系刻下不能到北京去，使你……我很对不起你，或者我们神交亦不在乎见面的迟早。我想我暑期一定可以去北京玩玩的。

　　我的侠生！我的灵魂随着你跑；你的心灵随着我动。这不是我们爱力的表示吗？我相信这种爱之势力是真诚的、不可思议的、神秘的，或者永久不灭的……

　　侠生！我的母亲昨天从开封来信阳了。她是最爱我的，她怕我念她，所以她特意来看我一次。

　　我的侠生！明天是我的二十二周岁的纪念日，介石姊给我寄来一些好玩的东西。我现在分送给你两个小小的书夹儿玩玩。请你不要笑我小孩子气。

　　二女师国文教员周仿溪君为人很忠诚，他很爱慕你，因为他时常见你的作品在报上。他想和你通信，你愿意吗？

　　钟到了，要上课去了，再会，我的侠生！

你爱的瑜妹草

5月26日

第 [15] 封 · 生气

亲爱的侠生：

五月二十五日的信收到了。

二女师的学生真是欠教训。我想不到因为我要辞职，她们把我的母亲用快信骗来，又写信怨你不当劝我去北京。我不知道她们怎么知道你劝我去北京。这一定是她们私着看了我的信。并且我写给你的信封子忽地里丢了一个，这一定是她们偷去一个给你写信。侠生！请你快点将她们写给你的那封信寄给我，我好调查究竟是谁写的。

上礼拜我母亲忽然来了。她说她怕我挂念她，她来安慰我呢。后来我才晓得是她们学生用快信骗她来的，我母亲怕我生气不肯告诉我。

本来她们是为爱我不肯叫我走，但是她们不当写信骗我的母亲！她们写信，说我为想念我的母亲有病很利害，所以我母亲接着信就急忙地来到信阳——并且病未痊愈很着急地来到信阳。无故地使她老人家着急，我心真是不安！

　　侠生！你接了她们给你的信，你生气吗？若然，我心也是不安啊！你问我她们有理还是你有理？我也以为你比她们有理些。因为她们留我是教书，于我个人学识进行方面不合适；你劝我去北京是求学，是为我的前途计，幸福计。当然是你有理些。

　　侠生！我下学期决定不在二女师教书了。因为我不善于管理，二女师须教我任管理，我是绝对不愿意干的。管理的事非常麻烦，我怎么能管得了呢？况且我又急于去上学。在二女师没有一点工夫自修是我最苦的一件事！

　　我的侠生！我暑假决定要去北京看看你，安慰安慰我们六年来相思的苦衷。请你相信我罢。

　　亲爱的侠生！我因为了解你，相信你，所以才能诚恳地热烈地爱你。不过有时候自己疑问："侠生究竟能否永远地爱你？"这也不过是因为爱你过于热烈不得已的一种疑问，想你一定可以原谅我的。

侠生！你以为我是一个贪生怕死的贵族式的女子吗？哈哈！你猜错了！你是一个革命者，我也是一个反抗者。我反抗宇宙间一切的不平等不自由的待遇！我咒诅所有的资本家及帝国主义者。这种反抗或者是我的生性。我自幼就爱反抗。因为反抗，所以在开封一女师被开除了——但是我很愿为这种有价值的反抗被开除。

侠生！我虽然知识幼稚，但是我很表同情你做一个革命的文学家。

我给你的快信收到了吗？

我现在还是忙得很，再谈。祝你平安。

你爱的瑜妹
5月29日夜

第 [16] 封 · 乡下

亲爱的侠生：

你暑期不回你家瞧瞧吗？你不想念你的母亲吗？

你说你现在很忙，为什么现在还是这样的忙碌呢？你现在有没看书或创作的工夫？忙碌的生活固然很好，然生活太忙了于身体有些不好。我总希望你多有些工夫玩玩，或者和他们谈谈天。

我知道张家口的景物不好，但是或比我的生长地开封好些呢。开封的景物真是干燥极了。我自幼没有见过开封城中有一点自己生出来的青草，望一望总是黄沙无际。除非到了乡下才比较好些。我自幼就爱和母亲一阵去乡下玩玩，因为我自幼极爱自然。我同母亲一到了乡下就快活得不得了。我和其他一些孩子们到野地里、草地上、树林间、池塘边，尽量地玩呀、唱呀、笑呀、跳呀……别的小孩子说我唱得好听，跳得好看，于是大家就一阵唱呀跳呀起来。我好上树，好摘花。她们都说我淘气，我母亲也骂我顽皮——有时我生了气就哭了，她又来安慰我，我一刻儿又好了，还是一样的好玩——回忆十数年前我的生活是何等的快乐有趣！但是，我刻下还不觉着我已经长大了——已经是教书的先生了。

信阳的风景很好，不亚于江南的景物。我同学生也时常去野外玩。可恨信阳地面不平静，丘八土匪很多，所以我们也不敢去山上玩。信阳城南四五十里有一鸡公山，风景极佳，每年暑期有许多外国人去那里逛。我想过几天同学生一阵上山旅行。

侠生！你生在景物秀美的江南是何等的幸福呵！

昨天夜里我和培之姊贞婉姊又在皎洁的月下谈天呢。我忽然想起我上月寄的一首小诗，不由得笑了起来。我现在的心境为什么还是与上月看见月儿一样思念着？我亲爱的侠哥！你昨夜也曾到月下与我有同样的思念吗？

上课去，再会呀。祝你愉快。

你爱的瑜妹

6月5日早

第 [17] 封 · 烦闷

亲爱的侠生：

你给我的两封由张家口寄来的信，我好久都收到了。我给你的信，你都没收着吗？一封是快信，一封是平信。

不知为什么六七天又没接着你的信了！心中闷烦不已！侠生！我相信世界上惟你可以安慰我，惟我可以安慰你。我的侠生！你相信吗？

我想今天下午一定可以接到你的信。因为你是我的知己，你一定知道我这几天烦闷，一定肯来安慰我！

……

不多写了。敬祝你好。

你的瑜妹

6月4日

第 [18] 封 · 快乐

亲爱的侠生：

我想今天要接着你的信，哈哈！果然今天接着你的信了。可见你是我的知音。侠哥，你是我唯一的知己啊！

亲爱的侠哥！我读了你的信得到了无限的安慰、无限的快乐。侠哥！亲爱的哥哥！你不是我唯一的安慰者吗？侠哥！我想你接了我的信也是一样的快乐。哥哥！你接了我的信你快乐吗？

侠哥！我暑假一定要到北京的，请你相信我罢。我校大约七月一号以前放假。我大约于六月廿四五号就要回开封。我和母亲一阵回开封，过三两天就可以到北京。我是一个乡下的女子，没多到过大城市，到了北京一定不知东南西北。我或者同介石姊一阵去。

亲爱的侠哥！你说你不能不老念着我，我相信你，是不得不老念着我。侠哥！你念着我，我念着你——我们永远地念着罢……

我母亲教我谢谢你问候她。

我这几天很忙。祝你精神好。

你爱的瑜妹

6月4日下午三时

第[19]封 · 勇进

不知为什么我总想我成一个杀人放火的强盗——鼓一鼓勇气杀绝了世界上的万恶滔天的帝国主义者，壮一壮毅力烧尽了地球上所有的资本主义的人们！啊！倘若世界上没有他们，那么，世界就是一个极自由、极快乐的花园！啊！可恨的上帝为什么要生他们使可爱的世界成了个可惨可怕的战场，毁伤了许多可敬可爱的兄弟姊妹们？

啊！此次上海事变，虽然死了许多可爱的同胞，可是同时惊醒了许多醉生梦死的可怜的人们。啊！此次事变是有代价的事变。不要悲伤他们死得可惨！我们要勇进以促革命的实现！

我母亲的病一天沉重一天，我心中焦急万分！我现在的生活就是天天煮药煮饭，或者坐在母亲的面前安慰她老人家。她只有见了我、听了我的谈话才可以得到安慰。可是我真不忍看见她那可怜的面孔儿！侠生！我现在的生活很苦了！

　　亲爱的侠生！我唯一的安慰者！请你快点来安慰我呵！倘若没有你，那么，我的生活……侠生！我亲爱的侠生！我唯一的安慰者呵！

　　……

你爱的瑜妹

6 月 22 日

第 [20] 封 · 母亲

亲爱的侠生哥哥：

我给你的信你都收到了吗？为什么许久不给我信？

母亲的病仍然没大见轻，我心中是如何的焦急呵！父亲没有在家。所有家中招待客人、请医生、煮药、做饭，都是我和小妹羡玉的事情。哥哥！我们忙得是如何的可怜呵！今天早晨母亲好了些儿，吃了一点饭，我和小妹欢喜得唱起来跳起来了！但是今天下午母亲的病又重了！小妹妹哭了！哥哥！我是何等的难堪呵！

昨天夜里的风声、雨声和母亲的呻吟声，真是令我难堪呵！今天的雨落得更紧了。我听了这种雨声真是增加了我无限的苦痛！

现在母亲睡了，小妹妹去取药去了；只有我一个人坐在房中，默想。哥哥！倘若有你在此地或者可以安慰我的许多愁苦，但是这是梦想呵！

我接了你的快信，知道你在张家口很忙。哥哥！你又在军官学校任课吗？你怎么能忙得过来呢？我希望你在暑期中好好休息，不可做事太多了。

哥哥！我实在不会作诗，更没有文学天才，但是偏好胡写。我当无聊的时候更爱胡写乱作。哥哥！你愿意当我的老师教教我吗？

你爱的瑜妹

6月27日

第 [21] 封 · 玩笑

亲爱的侠生哥哥：

　　我今天接了你廿五日的信，叫我好生不安呵！你为了我这样的焦急、这样的烦闷，我是如何的不安呵！哥哥！你如此的爱我，我是如何的感激你呵！哥哥！我亲爱的哥哥！我听你的话，我决定听你的话，我决定好好地保重我的身体。哥哥！我相信世界上只有你可以安慰我！当我最苦恼的时候，得了你这许多安慰，我真不知道如何来感激你才好，如何来表示我对于你的一种情绪！

　　我母亲的病最近两天已经好了许多，我也不如前几天苦恼焦急了。请你不要为我焦急，有伤精神！介石文淑姊还时常来和我玩。昨天我三个冒着雨去龙亭游玩。她们想为我解闷，约我坐小舟去北仓。我说错了一句话，惹她们笑了我一大场，笑得我多不好意思！她们说去北仓，我说去北京！这有什么可笑呢？她们竟然笑了半天！你看好笑吗？容日再谈。祝你精神愉快。

你爱的瑜妹

6月29日

第 [22] 封 • 恋爱

我亲爱的侠生哥哥：

六月卅日的快信今天收到了。

我母亲的病已经比前几天好了许多了，请勿为念。她老人家此次的病的确沉重，我前几天急得要哭煞了！可是她这几天已渐渐地好了起来，我心中快乐异常。

侠生！我母亲为人仁慈可敬，她爱我如掌上的明珠一般，我如何能不爱她呢？她自从到我家来没有享过什么幸福，并且受了许多形容不出来的苦痛！她生了我兄弟姊妹九个人，就不多不少地死去八个，只剩下我一个不成器的女孩子！侠生！你看她可怜不可怜？并且我又成年不在家，终年是南跑北奔，没有好好地在家孝顺过她老人家！幸而我叔父把他的小女儿给我母亲，这个小妹可以安慰她老人家许多寂寞！

　　侠生哥哥！我母亲也时常问及你的近况。她时常夸奖你有志气，并且时常问及你的家庭状况，但是我也不知道清楚。

　　我的父亲是很固执，并且对我也不很好。他处处不把女孩子当作人看待！他不赞成我的个人自由，他不赞成我像男孩子样的终年南跑北奔。我此次要去北京，他是一百廿分的反对。不惟他反对，还有许多故友也都不以我去北京入学为然。她们以为北京的教育不如南京，并且南京东大若半途退学颇为可惜！我也以为她们的话也有些理由。但是无论如何我是已经决意要去北京看看你的！我北上大约在母亲病能起床的时候，大约在中历五月中一定可以到北京的。去的时候一定要先写信告知你。

　　奚女士这样热心招待我，我很感谢她，望你代我鸣谢为盼。我若去北京，一定要去拜访她呢。

　　哥哥！你劝我休息一期，可见你爱我之深。但是我的学业已经荒疏到了极点，只有拼命努力还怕不能救济，哪还有休息的工夫？况且我这几年也没做什么累人的事，也没有休息的必要。

我此次北上大约过一礼拜之后即南下赴宁。昨接东大教务部来信催我急速南下补考功课，因为去年春因病有许多功课没考。

我此后拟努力从事于教育学、心理学、社会学及文学。我对于这些功课是极有兴趣的。不管将来成功与否，我现在决意要研究他们以作将来改造社会之张本！哥哥！你愿意帮助我研究文学，我是极表欢迎的。我希望你此后就做我的老师！

哥哥！我昨天把你的照片放在我的书桌上，你为什么老对着我望，对着我笑？你想和我说话吗？那么我对你说话你又为什么不答我？我的哥哥！亲爱的侠生哥哥！我刻下没有一秒钟的时候能把你丢开！我现在的心目中恐怕只有一个唯一无二的你了！除了你什么都没有了！这也是我没法子的事情！我向来好看不起一些恋爱狂的人们！哈哈！我现竟蹈了人家的故辙！过于自信的若瑜先生！好一个高傲自信的宋先生！

我最亲爱的侠生哥哥！我爱你久为许多人们所注意。我似狂地爱你亦为人们所讥笑！请你看一看二女师一个学生的诗同培之姊的来信。

你爱的瑜妹

7月4日

第 [23] 封 · 焦急

我最亲爱的侠生哥哥：

好奇怪！我七月五日寄你的快信为什么到现在还没收着？这一定是邮局遗失，或者因为我写到八十间房廿七号，他找不着。请你去邮局问一问。我问开封邮局说已经寄到了。但是为什么你没收着呢？我七月九日、十四日寄你的平信收了没？念甚。

亲爱的侠哥！我接你十一日的信与十三日的快信，真令我不安之至！因为你久没接我的信，使你如此的焦急不安，我怎忍心呢？我爱的侠哥！我虽然近来心绪不佳，精神不好，但是我怎肯不写信给你呢？我明知你接不着我信心中是如何的烦闷，我怎能不写信给你？

哥哥！你说我或者对你发生误会，这是绝对没有的事情！请你放心！哥哥！你是我唯一的爱人！你是我唯一的神交知己！世界上只有你可以安慰我，我怎能一刻儿忘却你？我怎能不刻刻把你放在我的心里？

我此刻因为种种原因，行动不得自由，这是使我最烦闷的一件事情！哥哥！我的烦闷和苦痛真是一言难尽。我不愿告诉你使你不安啊！

我母亲的病已经好了，惟身体很弱。我近来身体也好，请勿念。

我大约七月廿日或廿一两日内动身去北京，临时当有快信告你，勿念。

容再谈。祝你精神愉快。

你爱的瑜妹

7月16日

第 [24] 封 · 慰问

　　旅馆握别，怅然若失！数日来迷糊若梦，不知所以！吾兄已平安抵张否？精神佳否？颇念念不置！

　　妹现生活无聊，精神不佳，惟今晨少愈！念兄心切，匆草数行借以慰问，望兄速复。敬祝康健。

爱妹若瑜书于北京
7月28日

《第叁章》 爱有阻力

宋若瑜是家里唯一活下来的孩子,备受父母宠爱。当他们得知女儿与蒋光慈谈恋爱时,便开始了解蒋光慈。在北京见面后,宋母对蒋光慈很满意,但对于蒋光慈的婚姻状况很是不放心,而且自从母女俩到北京与蒋光慈见了一面,回到开封老家后,各种捕风捉影的谣言满天飞,搞得宋父宋母很是苦恼。为此他们私下托人实地调查,搞清楚情况后才同意他俩继续交往。

第 [25] 封 · 阻力

亲爱的侠生哥哥：

我母亲今天已经平安地到了北京。她很想见见你，和你谈一谈。不知你于这个礼拜天能否想法子请假来北京一次。

母亲对于我们的事没反对，并且说我父亲也没表示大反对。啊！这真是我们的幸事！不过他们所最疑惑的是你的家庭情形。他们听说你已经订过婚的。我说你已经与之完全脱离关系，但他们不大相信。侠哥！你若见了母亲，你可以为伊解说明白。

亲爱的侠哥！你的快信及卅号平信皆收到了。哥哥！你能如此地亲爱我，我真感激你得很！哥哥！我爱你的程度你或者十分明白。哥哥！我最亲爱的侠生哥哥！我很自信地对你说一句我此生永远地爱你，永远地热烈地诚恳地爱你一个人。我的爱！你相信我吗？

哥哥！我自己也莫名其妙，我为什么一定要这般地爱你。我老实说，我向来好讨厌男子的，因为我知道男子的为人多半是靠不住的，不比女子多半是真诚地对人！但是，我对于你却始终是相信你不是普通一般的男子。我切实地了解你，所以才能这般地爱你！既然爱上了你，又怎么能轻易减少了对于你的爱情？哥哥！你说："海可枯，石可烂，而我对于你的爱情永不消灭！"我说："海可枯，石可烂，而我对于你的爱情永不减少……"

我最爱的侠哥！我以为我们精神上的爱确比结婚后的爱高尚而有趣得多。人一结婚同时就发生了许多损失！由我的经验观察许多人们未结婚以前之爱情非常真恳而热烈，并且各人上进之精神，劝勉之能力非常大。经结婚后，最大的损失即各人学业的进行大为阻碍！

哥哥！我以前的意思，须过两年以后决不和你结婚，必须我于东大毕业后，使我之学业告一结束再和你结婚。但是，你的意思要于最近时期内结婚。我为爱你过甚，又不肯绝对反对你的请求，然亦须于今年秋或明年春始能举行结婚仪式。我的理由是：一，两方面皆少有预备组织新家庭之用具；二，我们刻下的生活皆甚忙碌，你在张军校没有工夫，而我最近生活亦甚忙，所以须于秋天始可；三，现在天气炎热如焚，俟秋或春天结婚，同时可作一平生最愉快最有趣之新婚旅行；四，结婚后即时就可以在北京住了，不必再到张家口去。哥哥！你以为我说得对吗？

母亲也不愿意于暑期内结婚。她极反对我们匆忙地就结了婚。

哥哥！我以为人之婚姻为人生之最重要最尊严的一件事情，怎能模模糊糊地过去？

母亲在京不能久留。她想三五天即要回汴①。我以为我们可以于最近时内作一最简单之订婚形式，以宣布我俩之爱情已告一结束，使关心的人们皆可安心了事。

订婚事完，我和母亲或要去张家口一游。

头疼，不愿再写了。祝你愉快。

请你快快来信！

你爱的瑜妹

7月31日

---

①汴：河南省开封市的简称。

第 [26] 封 · 珍重

我所爱的侠生哥哥：

我大约明天上午九时搭车返汴，请你不要再寄信北京了。我到了开封就有信给你，请勿念。

哥哥！我请你好好地珍重你的身体！倘若你爱我，你一定要保重自己的身体，使我于无形中得到一些安慰！哥哥！我亲爱的哥哥！一切事不用再提了，只要你我的爱情永远的坚决，我们什么都不怕的！哥哥！我心中所有的烦闷，我都不愿意和你说的。你只要能好好地珍重身体，就可以减去我的烦闷，使我得到快乐。

我亲爱的侠生！你为爱我使你得到了许多苦恼，我是如何的不安！哥哥！我对不起你！你原谅我吗？哥哥！我永远不能把你丢开！我永远不能减少我爱你的热诚！请你相信我呵！祝你愉快。

你爱的瑜妹

8月4日

第 [27] 封 · 体谅

亲爱的侠生哥哥：

你的快信及明信片我今天都收到了，请勿念。

我们本打算今天返汴，不料我今天忽然精神不爽快起来，所以今天也没走成。但是今天下午已经好了，请你不必念我！我们大约还须在京停留两天。我们走的时候，我一定寄信告你。

哥哥！我实在对不起你，你能如此地爱我、体谅我，真教我感激得很！

亲爱的侠哥！你如此地爱我，我这般地爱你，你想我怎能把你丢开？你屡次向我说教我丢开你，我知道这是你的懊丧话，我知道你说了这话是很难过！但是我听了这话是如何的伤心！哥哥！我也没想到我们为着爱情又发生了这许多苦痛！但是我希望你我不要以这为痛苦！世界上还有许多为着爱情比我们还要苦痛万分！我们这算不得什么！

  侠哥！我现在若不是有你，我一定要苦恼到不可言状！哥哥！我亲爱的哥哥！你千万也要为着我不要发生苦恼致伤你的身体……

  我的头疼，明天再谈。祝你愉快。

你爱的瑜妹
8月5日

第 [28] 封 · 分离

我亲爱的侠生哥哥：

我同母亲于八月六日十一时由北京动身，次日十二时到了郑州，二时由郑州搭车，下午四时许即平安到了开封，望勿为念。

我在北京西车站写了一封信给你，你收着了吗？哥哥！不知为什么我此次离北京的时候心中莫名其妙的难过！火车开了！一刻一刻地和你的距离远起来了！心中一阵阵的伤心哥哥！我不敢再向你身上想！但是如何能管得住！哥哥！我也知道我们这样的人不应当这样！但是如何能禁得住我不伤心？你或者看见我和你分离的时候也是同样的伤心……

但是，哥哥！我们不要以分离而伤心，要以我们精神的恋爱——真诚的高洁的恋爱——永远不消灭的恋爱而快乐。哥哥！我们此生的幸福、此生的完成，完全靠住我们高洁的恋爱！海可枯，石可烂，我们的爱情不可灭！

哥哥！我坐在火车上，一路上胡思乱想！车走到顺德府①以北的时候，好一副皎洁的明月自自然然地高悬在很清洁的天空之中，照得遍野光亮！许多禾苗和树林被月光照得活泼快乐，何等的自由！树林的深处，又好似有许多很奥妙的快乐！哥哥！那时候设若有你在我面前，我一定和你去那树林的深处跳一跳最愉快的跳舞（舞蹈），唱一唱最安慰的歌曲！但是……火车到了黄河桥，哥哥！我又想你在我前，我们好一阵跳在黄河里顺着那大浪流去也好……

才下火车，精神倦极，不愿再多说了。祝你平安。

你爱的瑜妹
8月7日下午5时

---

①顺德府：今河北省邢台市的旧称。

第 [29] 封 · 缭乱

我亲爱的侠生哥哥：

我给你的信，你都收到了吗？

哥哥！我很悬念你的精神不愉快。我用什么才能安慰你，使你得到安慰和快乐？我亲爱的哥哥！我怎能一刻儿忘记了你？我自从与你会面之后更增加了我对你爱情的热度，增加了我许多不可思议的快乐和苦痛！

我今天的精神比昨天好些了，我自己也很能安慰我自己，请你不必念我。

我父母对我俩的事并不加反对，并且他们很赞成。不过他们很坚决地要去调查你家究竟为你退了婚否。我也不敢多问，只可随他们去罢。何时调查清楚，我们再商议。

信阳二女师屡次快信电报催我返校。我

为种种不得已情形，须于三五日后到信阳一次，大约于九月初由信阳南下赴宁。

不知为什么我现在什么事都没心做！我的身体虽然在开封，我的灵魂不知已经飘落何所！

心绪缭乱，再谈。祝你精神愉快。

你爱的妹妹若瑜

8月9日

第 [30] 封 · 责斥

侠哥如握：

数日来心绪缭乱，悲苦已极！妹此次北上实为爱情所支使，本无足怪，不意竟为开封信阳一般人所注意，并加以许多望风捕影之谣言，实一恨事。此种谣言对我个人无关紧要，然我父母对之甚为愤恨，并对我加以许多责斥！

妹为种种不得已情形，定于八月十三日由汴南下。若有信寄我，望直寄信阳二女师为盼。

心绪缭乱，容日再谈。祝兄安康并希珍重！珍重！

爱妹若瑜

8月10日

吾等为爱情而受迫使，虽精神感觉无味之苦痛，然实足以坚决吾等爱情之强度，增高吾等爱情之热力！

第 [31] 封 · 烦恼

亲爱的侠生哥哥：

　　当我最烦闷的时候，我不愿多写信给你，使你不安！但是我总希望接着你的信，使我于最烦闷中得到一些快乐！最近几天是我最烦恼的时候！除了你，谁还可以安慰我呢？可是已经又两三天没有接你的信了！

　　我决定明天（八月十三日）动身到信阳去，或者于三五天后到南京去，或者不到南京去，到深山无人的地方去修心养性去，永远不到有人的地方来！或者……

　　不愿再多写了！

　　敬祝你生活安健。

你爱的瑜妹

8月12日早5时

第 [32] 封 · 求信

亲爱的侠哥：

你为什么好久不写信给我？你也生病了吗？还是因为别的缘故？你知道我接不着你的信是什么样情况吗？你一定不知道。若知道，决不忍不写几句话来安慰我！

你现在的精神好不好？请你费心写几句告我！不愿再写下去了，再谈。

你爱的瑜妹

8月16日

第 [33] 封 • 恶劣

我亲爱的侠哥：

我今天从医院搬回二女师了，我的病也完全好了，请你不要念我！

哥哥！你为什么好久不给我信呢？我实在挂念得了不得！你现在的精神不好？或是心绪不佳？或者因为别的缘故？老实说，我这些天不接你的信，好似没了魂了！哥哥！你真愿意长此地下去？我想你一定是不肯的！

我亲爱的侠哥！你说自己安慰自己是靠不住的，我现在实在相信！哥哥！我若接不到你的信是绝对得不到安慰！

哥哥！老实说我这几天的心境实在恶劣已极！我怎么能不想念你！若不是有你，我就……

我母亲又发了病很重！我或者三五天又到开封去！我的病（晕脑）好了！眼还没好完。再谈。

你爱的瑜妹

8月24日

第 [34] 封 · 养病

亲爱的侠哥：

我迷迷糊糊地病了这么几天！你的廿号的信，我也不知道是什么时候收到的。我今天早晨才看见它在我的书桌上。

病今天已经好了，勿念。

我现在一个人在养病室中住，很寂静，只听见秋风吹着秋叶，作出一种很凄凉的声调来！

淡淡的秋天景象，眼看着几枚可怜的秋叶被秋风吹落殆尽！无情的秋雨又不住地打击着落在地上的秋叶，更觉得惨淡凄凉！

一阵可怕的秋风又忽忽吹来了！可怜的淡黄色的秋叶，面带着愁容一片一片地飘零在小路的中间，又被她们的皮鞋——坚硬似铁的高底皮鞋踏得粉碎！呵！我真不忍心！她们真忍心呵！

闻介石生我的气？竟忍心不给我来信！

我现在很寂寞，哥哥！请你来信安慰我！

请你给我寄廿块钱来。

头又晕了，再谈。祝哥平安。

瑜妹于榻上
24 午夜

我很想念我的母亲！不知为什么她也忍心不给我信！哎！好忍心的母亲和石姐呀！

第[35]封 · 头晕

亲爱的侠哥：

　　前天迷里迷糊给你的信，也不知说些什么东西。你一定挂念我的病很重，但是我的病没有什么要紧。因为自治会成立纪念忙了一天又受了些凉，所以就发烧了两三天，我也没介意。谁知到了第四天又变成疟疾，一阵烧得好似下了烧炕，一阵冷得好像入了北冰洋的冰山洞里。呵！闹得我实在起不来了！一连睡了四五天，头晕好似失了知觉，又好像入了太虚幻境！今天早起忽然睁开眼睛，天光已经大亮，才知道自己病了几天，现在已经住在养病室中。今天已经完全好了，请你不要念我为要。

　　她们大家都去上课去了。我因为腿疼走不得路，所以也没有去上课。自己坐在房子里十分寂静无聊，拿起书来看不了五分钟就头晕起来。

做做手工罢,又手腕疼。到外边走走罢,医生又不许。无奈何又对着窗外的几株焦黄的垂柳和几盆凋残的菊花呆望,发生种种不可言喻的情绪来。可恨我没有文艺能力把这种情绪描写出来!

今天忽然晴朗了,一切情况焕然一新。可爱的太阳能使一切的黑暗光明起来,能使一切的烦闷消灭下去,能使一切的污秽清新起来,一切的疲倦振作起来!它的势力何等的伟大!它的本体何等的光明而公正!

> 暾将出兮东方,
> 照吾槛兮扶桑;
> 抚余马兮安驱,
> 夜皎皎兮既明;
> ……
> 青云衣兮白霓裳,
> 举长矢兮射天狼;
> 操余弧兮反沦降,
> 援北斗兮酌桂浆;
> 撰余辔兮高驰翔,
> 杳冥冥兮以东行。

今天早起看了郭君的《王昭君》，现在又无意识地把这一段《楚辞》写了下来。因为我爱屈原疯子的疯话，一笑。

我现在又头晕起来，不能再写下去。哎！我的头脑真坏了吗？为什么不能做事了呢？哥哥！我的身体这么不好，我实在着急，这实在是我一件最大恨事！长此以往，我将何以自处？我如此地不能读书，前途何堪设想？一时想起来还不如到深山僻处去静心修性，倒还清静快乐，逍遥自在，孤芳自赏，长此领略自然界的乐趣，永远不到社会上来！

社会上的一切没有不是虚空、不是假的。生在这个社会上终天忙忙碌碌又有什么趣味呢？

瑜妹

26 日

《第肆章》 异地苦恋

"凡是一个人过于恋爱某一个人的时候,常常会起许多疑问,发生许多猜度。不过亲爱的,你可不必有这样的疑问;你倘若相信自己能永远地爱着僧侠,那同时也就可以相信僧侠能永远地爱你了。"

不论现在还是以前,异地恋都是很苦的,而且存在着很多不确定性。蒋光慈四处奔走活动:留学、办刊物;宋若瑜因为家贫,积极为生活努力教书,同时又准备去读书。

两人想见一面,不容易。宋若瑜对这段感情有些犹豫,一度单方面中断了书信往来。对此,蒋光慈却执拗地决不放弃。

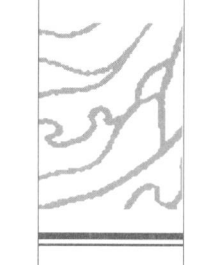

第[36]封 鲜花

我亲爱的侠哥：

今天衣服成功了，但是不知道你穿着合适不合适！若不合适，你可请介石姊为你收拾一下。

我昨天同她们到农场采了一些美丽的花儿，插在我书桌上的一个小小花瓶儿中。我在这里看书或做手工的时候，她们总是对着我笑！哈哈！好一瓶美丽的鲜花！你已经了解我心中莫名其妙的思维吗？不然！你为什么笑我呢？

侠哥！你也采些花儿插在你的古董花瓶吗？我希望你也常和她们在一齐。和她们在一齐可以得到许多快乐和兴趣！

我上礼拜天一个人曾到北极阁上玩，忽然走到我俩一块儿玩的那一块地，不由得使我思及我们三礼拜前同游的兴趣！

你的十八及廿一日的信我都收到了。你劝我

的话我都很愿意听！我现在确实比以前精神好了！医生说：射药针四礼拜可以全愈。我现在的功课不忙，因为我已退去四学分，现在只有十二学分，每礼拜十三点钟，比她们都少了许多功课。天天除了上课就是到清新处玩或休息，课外没看一点书……

南京现在甚平静，勿念。

上课去，容再谈。祝兄康健。

你的瑜妹
10月26日早8时

我的小像你收着吗？

第 [37] 封 ● 清静

我亲爱的侠哥：

你的廿四日的信，今天收到，勿念。

我昨天上午给你的信收到了吗？

我近来精神很好，天天也没什么工作，除了每天上两三点钟的功课外，没看一点书，天天跑到学校梅庵玩玩，或到北极阁上散步。我们的宿舍也很清静。每天她们都去上课，宿舍只留我一个人，真是寂静无比了。除了远远一阵阵自鸡鸣寺送来的钟声，可以说再没半点儿声息了。我住的屋子的窗子，一个对着钟山，一个朝着鸡鸣寺。每天早晨很清新鲜红的太阳自钟山的巅上升起，一直将他的光线射在我的床上。他催得我不得不早些起来，所以我每天早晨六点钟起床。午饭后睡觉的时候，自有鸡鸣寺的钟声来唤醒我的甜睡——因为这个缘故，我的生活是很有程序！

南京时局也平静，勿念。你若来南京，请早些来。来得早可以吃南京的大而肥的蟹子，否则，就吃不成了。

衣服收着了，请给我一个信。

我现在要到医生那里去，再谈。祝你平安。

你的瑜妹
10月27日

第[38]封 · 赏月

我亲爱的侠哥：

已有一礼拜没接你的信了！哥哥！你当真生我的气不给我信吗？我想你一定不肯的！因为我并没有不听你的话！或者是邮局的沉误！

昨夜的月光真是清新已极。我同她们两三位女同学到校内花园中赏月，忽然从北极阁的深林中飘过来一阵歌声——一阵男子的歌声。她们大家都笑他们唱得不美。我一人忘记了笑，所以她们又笑我。她们哪里知道我的回忆！

南京这几天时局又很紧急，请你不必急于来南京，过几天来好。

我这几天精神很好。

我母亲已有信给我。

闻介石在上海有病很重。

我给你寄的衣服及信收着没有？

你的小说已成功否？你近来除了教书作文，看些什么书？

我给你寄的一本《玄武湖之秋》小说集，收到了？

我近来没看什么书，颇为恨事！但是我的身体渐渐健强，或可从此康健起来，也未可知。

容日再写。祝你平安。

你的瑜妹

10月31日上午

第 [39] 封 · 文艺

亲爱的侠哥：

> 楼上的秋风起了，
> 吹得了大地苍凉；
> 满眼都是悲景呵，
> 望云山而惆怅！

你还记得你去年此时写给我的一节诗吗？你还可回忆那时候的情景吗？

侠哥！我很愿看看你的《海上秋风歌》的全诗，请你下次写给我。

我极爱文艺，奈我没有天才，不过我也愿意同你研究，请你也时常指导我。我现在除了功课，也时常阅览一些长篇小说或诗集以鼓励我的情感，增加文学的兴趣。

十一月三日信，收到。

近来南京时局不很好，她们都怕得不得了。我是不怕的，听见炮声的时候再讲。

我的精神很好，也常射药针，勿念。

介石病好了吗？她昨天来快信和我吵架。她说她病了我不去上海看她。

我现在没钱用了，开封信息也不通了。请你给我寄廿块钱来。

上课去了。祝你康健。

你的瑜妹

11月6日早7时

第 [40] 封 · 功课

侠哥如握：

　　今天接了你十一日的信，知道你已平安到了上海，使我得了不少的安慰。当你走的那一夜，雨下得很大，你又急着走，又没穿许多衣服，我心中很焦急。

　　秋天已经深了，望特别珍重身体！

　　我现在功课忙，因为要考月考。我的精神很好，勿念。

　　我现在也看些文学书。

　　苏曼殊著的《英汉三昧集》你看见过吗？我现在看一部法国小说 Three Musketeers，法国小说及戏曲家 Alexandre Dumas Le Pere 大仲马著，伍光建译作《侠隐记》。《拜轮诗选》一小本很好，也是曼殊译，有原文及中文。

　　我最爱看小说，请你介绍几种好的小说和诗集给我。

　　上课去了，再谈。祝你康健。

瑜妹
11 月 13 日

第 [41] 封 · 沉思

亲爱的侠哥：

十五日信片及十六日的信，今天均收到。

我的功课已考完，还有一门下礼拜二考。其实我也没用什么功，天天也没看什么书。我今早在《英文选》上看了一首英文诗《Under the Violets》，描写一个可爱的女郎死后的情景。我很爱读它，我随便把它翻一下好玩。可惜内中有两节我真写不好它的意思，请你代我写写看。

> When, turning round the dial-track,
> Eastward the lengthening shadows pass,
> Her litter mourners, clad in black,
> The crickets, sliding through the grass,
> Shall pipe for her an evening mass.

At last the rootlets of the trees

Shall find the prison where she lies,

And bear the buried dust the seize

In leaves and blossoms to the skies,

So may the soul that warmed it rise!

If any, born of kindlier blood,

Should ask, What maiden lies blow?

Say only this: A tender bud,

That tried to blossom in the snow.

Lies withered where the violets blow

.

这首诗写得很好，共八节。这是末三节。

《侠隐记》我看的是中文的；原文是法文的，我如何能看得懂？这本书译得还好。

我这几天精神还好，勿念。

我现在一个人住一间房子，很寂静。我和易姐杜姐也时常到校外去玩。此刻秋深的景况颇能令人沉思回想过去的情景。

我今天于无意中翻出你一九二〇年六月四日给我的第一次的信。我读了又读，煞是有趣。现在又寄给你看看如何？

哥哥！我知道你几天不接我的信就会着急的，但是我有时候硬找不出工夫写信。我还记得你在俄国给我一封信说我不给你信是为我新交了朋友，忘了故友。你还记得吗？哥哥！你刻下还说我忘了你吗？哥哥！若真把你忘了，还有现在的我俩的相关吗？

易姐天天和我说玩笑。她叫我作安琪儿①，叫你作和尚哥（因为她见你的名字为侠僧）。有时候她说你是一只男孩子。因为她看见你上次给我的一个画片上的几句诗了。

夜深了，再谈。祝你平安。

你的瑜妹

11 月 17 日夜

---

① 此处与下文 101 页等出现的"安琪尔"，都是英文 Angel。文中多处译法不统一，疑为当时还没有统一固定的译法。

第 [42] 封 · 翻译

Under the Violets

Her hands are cold; her face is white;

No more her pulses come and go;

Her eyes are shut to life and light——

Fold the white vesture snow on snow,

And lay her where the violets blow.

But not beneath a graven stone,

To plead for tears with alien eyes,

A slender cross of wood alone

Shall say, that here a maiden lies.

In peace beneath a peaceful skies.

And gray old trees of hugest limb

Shall wheel their circling shadows round

To make the scorching sunlight dim

That drinks the greenness from the ground,

And drop their dead leaves on her mound.

When o'er their boughs the squirrels run,

And through their leaves the robins call,

And, ripening in the autumn sun,

The acorns and the chestnuts fall,

Doubt not that she will heed them all.

For her the morning choir shall sing

Its matins from the branches high,

And every minstrel—voice of spring,

That trills beneath the April sky,

Shall greet her its earliest cry.

紫兰花下

她的手凉了，面孔儿白了。

她的血脉已不流动了。

她的眼睛闭了——已经失去了生命——

着了十分洁白的衣服，与雪一样的洁净，

躺在这紫兰花下，阵阵被风儿飘零。

并没用墓碑表明她的来历，

去引起人们的热泪与同情；

只有一些微嫩的树枝，

好似在说：此地有一位可爱的女郎，

躺在这里十分凄凉，十分寂静。

一些老树的树枝儿，

密重重地环绕着，阴沉沉地遮蔽着。

太阳的光线不能射在深处闪灼，

吸收了树叶的绿素。

凋残的叶儿一片一片的，向着它的坟墓飘落。

松鼠在树林中跳跃，

知更鸟儿隐在树叶中间狂叫，

深秋的时光一切的果儿熟了，

橡果和栗子一个个的坠落了。

这些秋天情况，她都观察得清楚。

晨乐队为她唱了，

从树林高处为她合奏着自然的乐歌。

春天的各种奥妙的歌奏者，

都来为她唱歌，

个个用它清新的声调为她祝贺。

侠哥！我翻得实在不好，抄给你，请你给改正。

你翻的那三节是后三节，这是前五节。

九日信收到。

我现在尚好，勿念。

我这几天不想上课，天天一个坐在房子里看小说。看小说或可以解除我的烦闷。

瑜妹

12月11日早

第 [43] 封 • 挂念

亲爱的侠哥：

你为什么写信来恭维我？你不是我的老师吗？你为什么不指教你的弟子，反来恭维我？你太不像老师的样子了。

我这几天精神好得多了，请你不要念我，请你好好做你的工作。

你现在失眠，我很挂念。请你不要多思虑！不要做事太劳苦了，时常出去玩玩。

你现在加入创造社我很赞成。你时常和他们谈谈或者可以得到许多安慰。

阳历年我们大约放一天假，我或者可以到上海去玩一天，只看有工夫没有。

你的《新梦》南京乐天书局有卖的。你的长篇小说出版了务必寄一本来。你要译的理想小说已下手没？你要作的短篇小说什么名字？

我这些天除了看小说，没有做什么事。有时候或者到图书馆看点参考书，不高兴去上课。

她们昨天约我到体育馆去看影戏，是侯曜①编的《春闺梦里人》和《摘星之女》两个影片。编得也不见得十分好，不过还可以。祝你愉快。

你的瑜妹

12 月 15 日

---

①侯曜（1903～1942），著名影视编导，毕业于东南大学。因拍摄抗日影片，在新加坡惨遭杀害。

第 [44] 封 · 感激

我亲爱的侠哥：

我接了你十五日来信，真是叫我难过异常！侠哥！你为着我这样的焦心！我是如何的不安呵！你如此地深切地爱我，我是如何地感激呵！

哥哥！只要我们的爱情高洁而深切——永远地互相爱护，别的一切不成问题！

我也无所谓烦闷或快乐。不过想起来烦闷的事情，就烦闷起来，一刻儿快乐起来又忘了。我这几天已经不向烦闷的地方想，天天和书为朋友，有时候倒很快乐。我昨天读了杜子美的《江村》：

清江一曲抱村流，
长夏江村事事幽。
自去自来梁上燕，

相亲相近水中鸥。

老妻画纸为棋局，

稚子敲针作钓钩。

但有故人供禄米，

微躯此外更何求？

读完了又不觉得笑起来，你看他真会找快乐。真是知足者常乐。又读拜伦的《去国行》：

Come hither, hither, my little page;

Why dost thou weep and wail?

Or dost thou dread the billows' rage,

Or tremble at the gale!

But dost the tear-drop frome thine eye;

Our ship is swift and strong:

Our fleetest falcon scarce can fly.

More merrily along.

当拜伦去国的时候，他是何等的悲壮！

我昨天买了一部《楚辞》，现在还没看完。屈原的悲愤更甚于拜伦。读了他的《离骚》，真是令人不得不和他表示同情的悲愤。他说：

>已矣哉国无人
>
>莫我知兮,
>
>又何怀乎故都!
>
>既莫足与为美政兮,
>
>吾将从彭咸之所居。

屈原终为悲愤而死,真是可惜。

昨天给你的信收着吗?

我这些天功课也不很忙,除了作些报告,整理笔记,或到图书馆看看参考书,都是看些文学书籍。我看文学书不过是藉以欣赏而已。爱看文学书,也或者是受了你的影响。易姐姐说我投了和尚做老师,要努力学文学预备将来做个快乐的安琪尔呢。

钟点到了,上课去。

我刻下已经不烦闷了,哥哥!请你千万不要以我而焦急,切切!

严冬到了,望珍重身体。祝你愉快。

你爱的瑜妹

12月16日下午1时

第 [45] 封 · 跌跤

亲爱的侠哥：

我这几天眼睛生了毛病，不能看书。我心里焦急得不得了。昨天到第一医院，医生给点药洗一洗，今天稍好一点。

你的廿二日的信，我今天收到了。你以为我有你的气不给你信，哈哈！我怎么那么好气？我也不是个三岁的孩子，不为什么事就生气不理谁，不为什么事就气得哭了。

我有时候心里不高兴就不愿提笔写信，并不为什么，请放心。

上礼拜南京落了大雪，我和她们在雪地里去堆雪人。我和米司任争雪球每人跌了一跤，跌在雪堆里一个石路上，把腿跌破了，到现在还不能走路走得快。天天上课，我们两个跛子老是走不快。他们一些男学生总是笑我们。你看好笑不好笑。

上海落雪吗？

阎介石身体已经健康了吗？她来信说还是精神不好。你们常一同去玩一玩也好。

你的精神现在好不好？夜里能睡否？念念。我希望你不要太过于劳心了！注意保重身体。

请你给我定一份《洪水》①半月刊。

容再谈。敬祝平安。

你的瑜妹

12月23日晚

---

① 《洪水》是创造社创办的革命文学期刊。

第 [46] 封 · 难过

亲爱的侠哥：

廿五日的信及诗，今天收到。谢谢你给我作的诗。

我们是阳历一月廿六日放假，一月廿日左右考试。现在有许多笔记报告或论文要交的。

结婚的事等我母亲来信再说。我是不愿做事使我母亲不安的，因为我母亲只有我这一个女儿。她是极爱我的，我也只有这唯一的亲爱的母亲，我也是很爱她的。她爱我如掌上明珠，我是她一生唯一的成绩，我是她唯一无二的安慰者，我怎忍心使她不安呢？况且她对于我的事是很注意。她知道我爱你，她并不反对我同你结婚。不过她也是受了旧社会的暗示，对于婚事太过于小心。

我以前曾对母亲说我要立志此生独身不嫁人，要努力于学问，献身于社会。她很深沉地对我说："孩子！你立志独身，我是很赞成的。但是你没有兄弟姊妹，孤单零丁一个女孩子在这恶社会之下，如何能不受委屈呢？我死在九泉怎么能安心呢？"我听了她这话，我是如何的痛心？如何的……现在想起还不禁泪下！哎！她是如何地爱怜我！今年暑假她同我从北京回来，她对我说："侠生能如此诚恳地爱你，我心中是很安慰的。只希望他能永远地爱你！"可见她是不反对我们结婚的。结婚的迟早是没有大关系的。

或者我母亲赞成在上海结婚。不过她现在还没有信来。开封现在很乱。

我写到这里心中非常难过！想起来父母将来之死亡……想起来转瞬间我的廿多年的光阴已经过去，回想我的孩子时代的快乐而今安在？想起来我的学问之无成、前途的可怕！回头想起来家庭之困苦、父母之操劳、我种种求学之不易！前瞻后顾，不禁神伤矣！

瑜妹

26 日夜 12 时

第 [47] 封 · 心弦

亲爱的侠哥：

　　计算今天十二点钟接到你的信，但是没有接着！

　　前天夜里十点半钟的一次汽车从我的窗前经过的时候，我的一颗赤心就紧紧地随了它到了下关车站。车站上一阵一阵的冷风吹在你的身上，吹在我的心中，心弦不住一阵阵的惊颤。一颗娇弱的心灵随了火车又飞到上海去，我哪里能把它收得转来？呵！我最亲爱的侠哥！你可觉得你的瑜妹随你到了上海吗？

　　我现在的许多功课，我那里有心去做？我是何等的焦急！呵！爱情究竟是什么东西？我终究莫名其妙！

　　阎介石姐明天到南京，她要同我一阵到开封去。我们大约一礼拜后离宁。

你到上海身体如何？米斯王的病好些了吗？请你告我说。我很念。

我们的相照坏了。

上课去了，再谈。祝你平安。

你爱的瑜妹

1月6日

请你有工夫给我来一个信，不要忘了！

第[48]封 谈婚

亲爱的侠哥：

八日的信收到。

哥哥！我现在所处的地位难极了！我何尝是一个自由的人！何尝不是在各方面压迫之下的女子！所以一时想起来，就想脱离社会一切的关系，做一个不识事物的呆女子！烦恼起来就想死了干净！亲爱的哥哥！为着我和你发生恋爱的关系，心中不知受了多少的委屈和苦痛！我哪里肯告你说使你不安呢？

我以为我们可以于年假举行结婚，但是我不问好我的家庭，怎么能敢不言与你结婚呢？我几次想写信回家问问我父母的意思，一则因为难为情，二则恐怕得着失望的结果，所以迟迟到了上礼拜才写信回家去问。现在还没回信。

暑假我母亲对我说过："倘若你和侠生结

了婚，结婚的时候必须在开封……"倘若她这次来信说叫到开封结婚，你是否愿去？

我母亲是最爱我的，也是最不能体谅我的！哎！什么父母之爱！

阎介石是最爱我的。她因我到上海是为你，不是为她，现在有气不理我。哎！什么朋友之爱！

我早知道爱情能使人快乐，更能使人痛苦！但是已入爱情之迷阵，如何能解得脱？爱情害人好苦呵！

希望人人都不要爱我，因为我是一个不可爱的人！

不愿再写下去。

若瑜妹

9日夜

《第伍章》见字如面

情不知从何而起,一往而情深。两人虽然长期异地,未曾谋面,然而见信如见面,每次收到蒋光慈的信总是心里暖暖的,给宋若瑜带来希望和生机。「我看了你的信就如见了你一样。」

婚后,宋若瑜病重,被送到庐山牯岭医院养病,她在病中仍坚持给蒋光慈写信宽慰他,让他不要担心。两情若是久长时,又岂在朝朝暮暮。

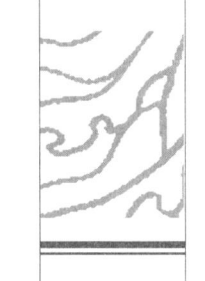

第[49]封 · 恍惚

亲爱的侠哥：

五日七日信及《洪水》均收到，勿念。

我的功课大约于廿号左右才能考完。介石姊不能等我，她今早走了。我约于廿一日由宁动身到开封去，大约二月初可以到上海。

哥哥！我亲爱的哥哥！你为我受了许多委屈，我何尝不知道，我何尝不感激你？哥哥！我现在才相信爱情的势力是可以支配人的一切的，才知道恋爱是一种莫名其妙的东西。

我现在功课很忙，但是我的心灵何曾在我的身上？精神恍惚，莫知所以！今天早把你的相片放在我的桌上，对着我的面孔，不时地向它望一望，于是得了不少的安慰！不然……哎！多情的我呵！我真没有法子想！

想一想：我们以后相处的时光无限，现在的身体的分离又有什么要紧呢？精神的接吻，是何等有趣!

我希望你好好地作文章,年假期中努力地将你预备作的文章做成功。

你爱的瑜妹

1月9日于图书馆

第 [50] 封 · 保重

我亲爱的侠哥：

　　自从和你结下了不可解除的恋爱结，我的一个赤裸裸的心灵无时不是紧紧地系在你的身上！尤其是最近几天……哎！焦不堪言！

　　你体谅不体谅我，没有什么要紧，只希望你注意保重你的身体。你能保重你的身体，我就可以得到无限的安慰！

　　为什么好久没有信给我？

你的瑜妹

1 月 30 日

第 [51] 封 · 永久

我亲爱的侠哥：

　　我才写了一页信给你，随后就接到了你廿八日的来信，我也说不出来是快乐或是悲伤！哥哥！我亲爱的侠哥！我十二分的对不起你啊！使你为我而苦恼！

　　亲爱的哥哥！我读了你的信，恨不能立时飞到你的面前，轻轻地吻着你的面孔儿，紧紧地握着你的两手儿来安慰安慰你的苦闷的心境！

　　哥哥！我这几天虽时在烦闷之中，但是哪能一刻儿忘记了你？我的身子虽然在开封，我的一颗心灵哪有一刻儿离开了你！哥哥！你或者也知道我这种情况；你或者可以由我这种情况得到一些儿安慰！

　　好了！侠哥！请你稍等一等，我快来你面前了！此后将永久地在你面前，不再分离！我亲爱的侠哥！此后你永久是我的看护者，你将永久是我相依为命的爱人！

一切事安置好了，就动身到上海去！我刻下有点小病，头很疼，不能再写下去。最后希望你珍重身体，千万保重你的身体！

你的亲爱的瑜妹

2月1日

第 [52] 封 想起

哥哥：

　　我深为你焦病了！亲爱的侠哥！我在病沉中更不能一刻儿丢开你！你或者不知道我这种悲哀吧！

　　想起来你一个人的寂苦的生活，想起来你说"倘若你不到上海来，我不知将如何度过年假！"想起来你为我的烦恼……想起来……多情如我……能不……

　　在梦幻中晕迷中看见你那愁苦的面容……哟！哥哥！我亲爱的哥哥！

瑜妹写于病榻
除夕

第 [53] 封 · 乱想

亲爱的侠哥：

　　她们后天开什么游艺会，又要我做些无味的事情。我的病好了，她们是不容我闲着的！哎！忙得我个不得了！

　　你到上海给我的信收到了。我的病可以说完全好了，请你不要悬念我。我希望你好好努力地做你的工作，不要失了你做事的兴趣！

　　哥哥！我不是对你说过吗？我是一个小孩子，总好胡思乱想，好发生种种无意识的幻想，想起来又好说了出来，有时候使得人家不高兴。但是我终是免不了做无味的幻想，这也是使我苦痛的一个原因。

　　昨天我看见一个乡下的天真烂漫的女孩子，坐在牛背上，口里唱着不可思议的曲子，极是有趣。她那种逍遥快乐的生活，真是令人爱慕。忽然联想到卢梭的返于自然的学说之有意义。自己又恨自己不当来繁华社会读书，不当与繁华社会里的人们接触。自幼生长在乡下，过活在田野间，倒多快活。社会无论坏到什么地步，我也不去过问。

侠哥！我总是好乱想，你笑我吗？

这几天天气很冷，请你珍重。

她们又来叫我了，再会。祝兄康健。

你的瑜妹
礼拜五上午

第[54]封 · 抚慰

我亲爱的侠哥：

　　三月三日的快信今天收到了。哥哥！我接了你的信，不知为什么当时我的病就减轻了一半。这其中真是有种莫名其妙的道理呵！哥哥！我亲爱的哥哥！我在沉病中不能得到你的只字，我是如何的焦闷呵！几几乎把我急死了！每天总要焦急地哭了两三场！她们都讥笑我太小孩子气，但是我自己怎么能禁得住我不哭呢？哎！你或者也要笑我孩子气！

　　西医院里一个姓金的外国医士很热心地为我诊病。他夫妇两个每天总要看我三四次。看护张刘二女士也很和善对我，她们时常来安慰我，但是她们的话也难能安慰我。哥哥！除了你，谁都不能安慰我呵！除了你，谁都不能诊好我的病呵！哥哥！我想当我病沉重的时候，倘若有你来吻我的病的面孔，轻轻地抚慰着说几句安慰我的话,立刻就有十付药的效验。但是……

我看了你的信就如见了你一样。我想我的病或者三五日就可全愈。我能起床,就从医院搬回家去,保养两天就同她们一阵到上海去。我的精神若能支持,我想经过南京就不停留了,到上海你也不必去接我们,我自己会去找你。

亲爱的哥哥!我的侠哥!我的病好了,请你不要为我焦急!请你不必费事到开封来,我快到上海了!头晕了,再谈。

你爱的瑜妹
3月7日夜

第 [55] 封 • 高兴

亲爱的侠哥：

十七日信及大洋八十元收到，勿念。

我在此还好。这几天也不烧了，也能吃些饭了。只是精神有点苦闷，我想过些时就好些了。我下礼拜等她们下山就搬入三等房（三等与头等一样，每房二人或三人，惟饭少差，可以另桌吃），住头等太不经济了。

我打算在此住三个月或四个月就回去。因为此地到十一或十二月太冷，我怕冷必须早下山。我的衣暂不必寄来，我已在此做了几件。等很冷了再说。

你说你的身体好，我心中很高兴。我希望你此后将一些麻烦事能推脱就推脱了，事情可以少做些为要。没事时多去空气清新处玩一玩。

找房子要找空气清新的地方，必须有客房

厨房的。过了暑期可以不必用娘姨,你可以随便包饭吃。过两三个月我回上海再讲。

有空拍一小照寄给我!祝你康健。

你的瑜妹

8 月 22 日于牯岭医院

我家里有信给我吗?也不知我母亲的病近来如何?我好久没给家里写信。

第 [56] 封 · 退烧

亲爱的侠哥：

平信快信及相片均收到。

我现在还在发烧，所以久没写信给你。今天昨天已经退烧了，望勿念。

这个医院除了空气好，别的也没什么好处。过了这个月我决定回去。

我现住的三等房，每月约有三四十元可以了。这个月因为买些东西多用些钱。

山上东西很贵，并且也买不来什么东西。我不很能吃东西。饭太不好。

请你每天吃新鲜牛奶为要。

不能再写了。

你的瑜妹

9月10日于牯岭医院

第[57]封 · 勿念

亲爱的侠哥：

电报收到了。我给你的信，为什么没收着？我这几天已经好得多了，不烧了，也能吃些饭了，请你不要着急。我再养些时，等时局平定就回去。

方君①也来了。

我烧了一月多，精神非常不好，不能提笔写字，使你焦急，对不起你。

这几天能吃饭，过几天一定好得多。请你做你的事，不要多念我。

你的瑜妹

9月15日牯岭医院

---

①方君指革命烈士方志敏。此时方志敏亦在庐山养病。

下篇

蒋光慈致宋若瑜

此部分收入蒋光慈致宋若瑜书信40封。在这些书信中，蒋光慈时时关心、宽慰宋若瑜，劝她多注意身体健康，处处表达着他坚贞不渝的爱恋，给宋若瑜吃定心丸。他为了爱情，耐心安慰怀疑的恋人，认真对待准丈母娘的"刁难"。即使得知恋人病重仍不离不弃，最终感动了宋母，两人结婚。

"夫妻本是一体，能'同病'也是一种幸福。"六年的异地苦恋，只换来了一个月的相守。宋若瑜去世后，他更加努力工作，四年后病逝。临终前一句"若瑜，等我"让人潸然泪下。

《第陆章》 绵绵情话

「我天天等你寄相片给我,可是到现在还未等到,好不急煞人了。」

「我的兰花开了,今特寄一朵给你,使你领略一点江南的春意。」

蒋光慈和宋若瑜在书信中相互咨探着、询问着、劝慰着,把爱与情写得委婉、雅致,令人陶醉,回味无穷。他们俩在信封内互寄各自养的兰花,用兰花表达彼此求爱的心情,希望对方化为蝴蝶,「眠向花深处」。

第 [1] 封 · 敷衍

若瑜爱友：

　　屋内的伴友：一盆金黄色的菊花，一架子的西文书。闷起来的时候，就看看花，对它发一阵痴想；痴想发过了之后，觉着更是无聊，于是掀开几页蟹行文字的书来看。钟点到了，就夹起书包上学校里去讲课。课讲完了之后，或者回到屋内闷闷地稍微坐一下，拿起笔来写，或编讲义，或翻译文章。有时候下了课，独自一人跑向花园里逛一逛。

　　啊！这就是我近来的生活！有趣味呢，还是没有趣味？我想起，或者是幻想罢，你时常同阎女士及其他一些可爱的女郎游玩，散步，欣赏自然界的美丽，是何等的幸福！是何等的生动！但是我呢？

　　"写了一封信给她，很久了，应该有回信

了，但是……恐怕……"这或者是我无聊的默想。但是人越无聊，越盼望朋友的来信，而况是亲爱的朋友的信？因盼望而默想，因默想而乱猜——这恐怕是人之常情罢！

阿弥陀佛！今天接着你的回信了。接着信的时候，不觉得什么喜欢，不觉得什么兴奋，但觉得得到了许多安慰。

为什么盼望来信呢？大约是为着要得到一点安慰罢。

是信呢？还是安慰呢？

你的病好了，这是第一件我要替你祷告的事情！最重要的莫过于身体之健康。我还不大痴笨，对于自己之健康还知注意。可是有时无聊，我却好吃一点酒，浇浇胸中的块垒。吃酒大约不是好事罢，可是我有时竟吃酒，并且吃得很不少。这是智者的行为？

大约人当无聊的时候，就会瞎埋怨；我说你写信敷衍我，也就是这个缘故罢。你问我由何见得你写信敷衍我，我可是回答不出。"我以为我们的友谊只有一天增加一天，绝对没有什么敷衍的意思……"真的么？亲爱的若瑜！我感谢你的诚意！

介石为我友之至友，我就此也可以想见其为人。我真感激她。她与我未谋一面，未通一信，而竟能知我、明白我。这实令我不得不感激的。我祝福她的将来。

请寄语介石女士说："蒋侠僧真正地感激你，且为你的将来祝福。"

我在俄的成绩——一部诗集《新梦》，某书局允为代印，但恐在短的期内无出版的可能。倘若能够出版时，我一定要赠你一本。

近来中国文学界无甚大发展。所谓新诗人、新文学家，可以说是汗牛充栋。可是他们的作品真太不成形了。在内容方面，他们固无足取。即在技术方面，他们也幼稚已极，拿起笔来就是诗。以至于诗与白话混淆，分不清什么是白话，什么是诗。不错，新诗是要用白话体的，但是并不是一切白话都是诗罢。我很有点志愿办一文学刊物，振作中国的文学界，可是一个人精力有限。在最近期间，这种志愿是达不到的。

我友对于文学也有趣味么？

我现在忙极了！时间到了，我又要上课去。

不能和你多谈了。

桌上一盆金黄色的菊花似乎讥笑我似的："为什么这般忙碌呢！"

可是忙碌还是要忙碌啊！

祝你康健！

侠僧

11月3日于上海

第 [2] 封　飘零

亲爱的若瑜友：

四五年来我做客飘零，
什么年呀、节呀，纵不被我忘却，
我也没有心思过问。
我已成为一天涯的飘零者，
我已习惯于流浪的生活。
流浪罢，我或者将流浪以终生。

这是我的《过年》诗中的一节。我颇感觉得我的前途是流浪的，是飘零的。但我并不怨恨这个，惧怕这个。我是一个诗人。古今来的诗人，特别是有革命性的诗人，没有不飘零流浪的。我对于人类，对于社会，怀抱着无涯际的希望，但同时我知道我盼命运是颠连的。我倒愿意这样，否则我就创造不出来好诗了。

　　昨天因刺激而使精神发生突变的懊丧。晚上无聊跑到大世界听北方女子的大鼓书，到了十点钟买一瓶酒回来。刚到家，友人李君就说，有一封自开封寄来的信。当时我就知道是你寄给我的。于百无聊赖之中，忽然得到了一点安慰。承你怀念我，承你问一问我的精神如何！我的精神如何？这话倒难说了。我觉着茫茫人海没有一个爱我的，虽然我对于那些多数的穷人们或有希望的人们怀着无限的同情。你称我为爱友——这个，老实说，我有点怀疑，因为我觉着现在的世界中没有爱我的人……

　　倘若你从信阳只寄过我两封信，那末，这两封信我都收到了。我本想多写信给你，奈因我的事情很忙，你又不时常给我信，所以就未能如愿。你明春来宁续读，我实在很喜欢，因为或者我们有见面的机会。你的精神、你的意志，我都表示十二分的敬佩。若瑜！努力罢！你将来有无穷的希望！我祝福你的将来！我希望每一个朋友都比我强，都比我更有造就。我又特别希望女友能够上进，能够立在我的前面。

> 今年我从那冰天雪地之邦，
> 回到我悲哀祖国的海滨；
> 谁知海上的北风更为刺骨，
> 谁知海上的空气更为奇冷。
> 比冰天雪地更为惨酷些的海上呀！
> 你逼得无衣的游子魂惊。

这是我《过年》诗的第二节。你问我上海的地面如何，我就把这节诗来答复你。上海为中国资本主义最发达之地，为帝国主义压迫中国民众表现最明显之区。金钱的势力、外国人的气焰、社会的黑暗……唉！无一件不与我的心灵相冲突！因之，我的反抗精神大为增加了。

上海大学已经放假了。我本拟回里一行，看看我那多年未见面的双亲，看看那多年未入眼帘的乡景，但是因种种事，故不能如愿。我已经说过了，我已成为一天涯的飘零者，还说什么家、故里、乡景……

写到这里，友人请我外出，不得已暂将笔放下，容改日再谈罢。

祝你康健！

侠僧

1925 年 1 月 11 日

再者，我很奇怪：你的信是二十八日写的，为什么昨天我才接到呢？我每次写信，你要几天才接着？

你允许寄给我的相片呢？

又及

第 [3] 封　悲观

亲爱的若瑜友：

我还脱不了旧习惯。大家过旧年，我也随之过旧年，弄得我的精神不大好起来了。我接到你一月二十二号的信已经好几天了，本来早就该回你的信，可是因为精神不好，所以到今日才提笔。

读来信，第一件使我不安的，就是你说你的身体现在多病，并且你因之抱悲观。若瑜！这又何必？大凡身体的不健，皆由自己的不慎。倘若你自己能节制用功，减少思虑，绝不至于把身体弄坏。身体是可以养得好的，为什么要因之抱悲观呢？

我现在无所谓抱悲观抱乐观，不过仅感觉到诗人的生活一定是要飘零流浪的。我或者将飘零流浪以终生，但我并不以这个为苦。这个正或者将助成我为一伟大的诗人。你对我表示无限的同情——这是很可贵的同情。若瑜！我感激你啊！

你要勉成一个独身主义的实行者，据你的理由，是因为怕结婚后免不了要受痛苦。本来爱情与痛苦有联带的关系，要想不痛苦，除非不要爱。所以我对于你这种主张，表示相当的赞同。但是在别一方面，我又知道，凡人皆有恋爱的本能；若强抑之而不发，实反背自然的法则，亦非养生之道也。吾友以为然否？

你今年到底如何决定：往信阳抑往南京？你说要往西湖一游，我非常赞同；倘若彼时我有暇时，我一定要陪你一游。我久有游西湖的志愿，但卒迟迟未果，甚以为憾。人生有几何？胜地名山，岂可不一瞻景色？倘将来有可能时，我一定要常常顾盼那美丽的西子。

上海为中国资本主义最发达之地，实在没有什么雅趣，徒觉着金钱气焰弥天、市侩的龌龊讨厌而已。但上海也不可不到。到上海之后可以看到资本主义之真相，可以看到帝国主义的无状，可以看到西方文明是怎么一回事。相形之下，更可以看到东方文明之糟糕也。你说要到上海玩两天，我不胜欢迎之至！我希望你莫要食言。

我天天等你寄相片给我，可是到现在还未等到，好不急煞人了。我真要骂你那位把你要寄我的相片拿去的朋友！岂有此理！她也不想想，她时常与你见面，而我一面还未见呢？

余培之现在因婚姻痛苦，我为之代抱无限的同情。我现在没工夫写信给她，倘若你写信给她时，请代我附一笔。

精神不大好，下次再多说几句罢。

祝你康健！

侠僧

2月2日

第[4]封 · 玉照

亲爱的若瑜友：

　　我正在用土栽培兰花的时候，忽然接到你的玉照，并且她是用一张上面印有兰花的信纸包着的。这却未免有点奇怪了。我想，你或者是兰花的倩影，你喷气如兰，你如兰花的清幽，你的一切都如兰花一样……

　　我将她（不，是你）看了又看，不觉有说不出的无限的愉快！我盼望她，我恳切地盼望她，她……她……她今日居然来了！这几天我时常问学校的门房：有位朋友寄一张相片给我，可到了没有？我当问他的时候，我恐怕得着了一个"不"字。幸而今天我接到了。

　　我对于你每一封信都有答复，你都收到了没有？

　　我很希望你能够到南京继续求学，因为南京离上海不远，我可以抽空来看你。虽然看见了你的相片，我已经很快乐了，但是倘若能亲自见着你的面，必定更多得些安慰！倘若能够与你多谈一些话，则必定更为幸福了！但是你呢？

我现在一切如常，没有特别可以告诉你的地方。你现在精神好吗？请珍重你的健康！有了健康，才有快乐！

你友侠生

2月16日

第 [5] 封 · 帮助

亲爱的若瑜：

三月四号寄来的信，我今天收到了。从前的两封信，我也都收到了，请勿念。

前天接昆源的信。他说，你所以不能来南京是因为经济的关系；而你屡次向我绝未提到此，徒说二女师坚留，不能脱身；这真弄得我莫名其妙！到底因为什么？照着我俩友谊的关系，我应当勉力帮助你读书。倘若你能到上海来读书，则经济尽可由我完全帮助，不至于发生若何大的困难。就是你到南京读书，我每月总也可寄点款子给你，使你能够维持下去。但是你从未对我说过。昆源如何知道你的事情？大约你向他说了。向他说而未向我说，大约你总相信他得过些。这半年大约又是不谈了！我总想和你见见面，但是总不能够，这大约没有见你面的缘分罢……

你说你寂苦非常，我也找不出话来安慰你。因为我现在还要人安慰，我怎能安慰你呢？我现在除了每天教两个钟头书，什么事也不问，更不愿无谓的交际。无聊时，也间或跑到游戏场里去听听北方的大鼓书。但这总减少不了我的枯寂啊！

看书或执笔疲倦的时候，每转头看了我背后茶几上的一盆兰花，只有她或可减少我的枯寂，给我些安慰。我天天希望她开，但是她总不开，似乎她不愿意我闻着她的幽香。但是我很苦了……你的兰花什么时候开了，就请你将她寄来一朵，使我一领略河南的春意。

现在江南看看草长莺飞了，但是她们都不是为着我的，我也没有什么顾盼她们的兴趣。

我只希望我茶几上的兰花开，但是她总不开呢？

祝你愉快！祝你沉醉于春的怀里！

侠僧
3月10日

第 [6] 封 · 花香

亲爱的若瑜：

三月十三号的信，收到。

你为什么不早向我说，因为经济的关系，致不能上学？倘若你早说了，我很可以帮你点小忙。

我现在的确是寂苦烦闷！在这样冷酷而混沌的世界中，像我这种人是应该过寂苦烦闷的生活的。倘若你能多抽些工夫来安慰我，则我真是要感激无尽、深铭五内了！至于说自慰罢，这不过是不得已的办法。其实自己安慰自己是靠不住的。

好了！我手栽的兰花现在居然开了，居然大放其幽香了，居然给了我以香的刺激。江南的兰花对于我是如此，而那河南的兰花对于你又如何？

看江南已草长莺飞，春意饱醉了桃花李蕊。但是她们都是为着别个的……

我所以不住在学校里的原因，是住在校内太烦乱了，没有住在校外清静。我虽然对于群众运动表充分的同情，但是我个人的生活总是偏于孤独的方面。我不愿做一个政治家，或做一个出风头的时髦客，所以我的交际是很少的。我想做一个伟大的文学家，但是这恐怕是一个妄想啊！大部分的光阴都费在编讲义上，没有多余的时间为文学的创作，这也是我很感受苦痛的地方。

我性最喜爱自然界，但是在上海这个地方，简直享受不到自然界的乐趣。有几处花园，但是都是外国人的，不准穿中服的人们游逛，视中国人连狗都不如。说起来，真令人恨煞！我虽然着西装，我虽然也常到外国花园游逛，但总觉得不大舒服，没有多大兴趣……

诗人的伟大在于他能够反抗一切的黑暗。帝国主义者对待中国人真是黑暗极了！我反抗，我一定要反抗……

中国惟一的革命领袖孙中山先生不

幸死了，我为之哭了一场。但是你对于他如何呢？

倘若你能多抽些工夫来安慰我，则我将以恩人的眼光看待你！我的兰花开了，今特寄一朵给你，使你领略一点江南的春意。

侠僧

3月18日晚8时

第 [7] 封 · 春光

若瑜爱友：

今天接到你三月二十号的信。我接到你三月十五号的信，即时复了你一信，你还未收到吗？我也买了几张画片寄给你，大约不至于失落罢？

我现在功课的确很忙，但我总要多抽工夫写信给你。精神如常，不过觉得枯寂些。现在春天到了，本应时常出去逛了，但一因为上海无处可逛，二因为一个人逛也没有趣味，所以我竟把春光辜负了。

春光在窗外笑我，笑我无聊；骄我，骄她不是为着我的……

中国新文学界近来无甚大发展。诗歌小说出版得也很不少，但是好的实在不多。就以《小说月报》而论，点儿精彩都没有！我本拟用全力从事文学创作，但现在因教书竟无闲工夫提笔，这真是使我叫苦的事情。在俄数年的成绩是一部《新梦》诗集，我去年已将它交上海书店付印。但因中国出版界太幼稚的缘故，到现在还未印好，真是气人！大约《新梦》再过两三礼拜就可以出版了。

  你对于艺术如何？还用功绘画吗？日前昆源因事来沪，叙及你能音乐，会跳舞……我现在可惜没有听你漫歌、看你妙舞的机会！倘若有绘画作品，请寄我一看。

  祝你沉醉于春之怀里！

侠僧

3 月 28 日

第[8]封 · 趣味

敬爱的若瑜：

信刚写完，预备付邮，不料又接到你的信。

多谢你这般地悬念我！我真是幸福！我也值得你这般地悬念？我现在的确是很忙。说到精神呢，说不上好，也说不上坏；不过总觉着没有多大趣味似的。

你为什么今年担任了这些职务？这于身体方面未免太吃苦了。我劝你还是把这些没有大意思而又麻烦的职务辞去好。

你有这些可爱的学生，能够同她们玩，同她们笑，是何等的有趣！可是我的学生呢，枯燥、枯燥……

多谢你分送给我的贼赃！我一点儿也不怕犯罪，请你下次还多分送些贼赃——花——给我罢！

你也好文学？好极了！治文学要多看文学

书，要多创作，并且要多研究社会的现象和内容。我现在苦于无多时间创作，真是苦极了！我誓必要圆成文学家的梦！现在我教授社会科学，不过是一时的。

美术专门的内容，我完全不知，待我打听打听。你为什么把图画丢了？照我的意思是不应当的。当着无聊的时候，惟有艺术的幻想可以安慰我们。我从事文学一半是为着社会，可是一半也是为着自己要在文学的国度里找点安慰。

我寄给你的《小说月报》和《咖啡店之一夜》①两册书，你收到了么？《小说月报》无大意思，《咖啡店之一夜》比较尚好。

我盼望你多写信给我！

侠僧

4月8号

---

① 《咖啡店之一夜》是田汉的独幕话剧。

第 [9] 封 · 领略

亲爱的若瑜：

你大约实在忙得很；我看你每次所写的信，就知道你很忙——不忙，绝不会像这样的潦草。

你接了我这次的信及兰花，心中异常快活；可是我久未接你的信，心中却很烦闷。可见你要比我幸福得多；为什么你快活而我烦闷呢？

快活，为什么要快活？你自己真不知道为什么要快活？岂不是因为看了兰花之后，你领略了江南的春意？岂不是因为江南还有一个人把春的消息送给你来？岂不是因为……哦，或者我猜错了。是不是猜错了呢？那我还要请问你。

你的兰花开了么？为什么她故意迟迟地开？大约因为她不愿意受我的领略？可是我要领略她的幽香，我却望她终能够受我的领略！

我问你近来有没有画的作品，为什么不答复我？昆源说，你对于音乐有研究，是不是？又说，你跳舞也很好，是不是？

倘若你自以为有艺术的天才，那我就请你努力于艺术的生活。

艺术可以给我们人生以无限的安慰、鼓励和生趣。

上大共有学生四五百人，女生大约有三四十人。学生的程度如何，我不能做一定的答案；不过我敢说，大约不至于较别的大学的大学生为差。

上大共分三系：社会学系、中国文学系、英国文学系。我在社会学系教书。我总觉教书的生活是一种讨厌的生活。但是现在因为要维持生活，并且教书是比较清高的职业，所以暂为教书的生活。

春色满大地，春意使人醉；愿化飞蝴蝶，眠向花深处。

祝你听鸟语而神飞，闻花香而色舞！

你的朋友侠僧
1925 年 4 月 8 日于上海

第 [10] 封 · 北上

亲爱的若瑜：

四月十一号的信和袋儿均收到了。

你这样地爱我劝我，我真不知道怎样才能报答你！我的若瑜！我领受你的劝告，我决意照着你所期望我的做去，我决定听你的话，我决定努力自慰、自爱……

你的袋儿将永把我的心儿装在里面，我的心儿永不会忘记你！我的若瑜！你相信我罢！

我明天决定起身到北京去。到北京去的原因，我在第一封信已经说过了。倘若我在北京过得好，那我一定也要你到北京去读书；倘若不好，我或者还跑回上大来教书。

不过现在我的理想是：北京是比上海好。

我一到京就写信给你，请你不要悬念！

我的若瑜！再会！

侠僧

4月16日

《第柒章》 爱火燃烧

"我俩的爱,我俩可以自傲地说是最纯洁的、最真诚的——纯洁的、真诚的爱应当是永远不灭的啊!"

蒋光慈曾写诗说:"此生不遇索菲娅,死到黄河也独身。"他把宋若瑜变成女英雄,当作同心同德的司文艺的女神。她在他的心中几乎占据了压倒一切的位置。他的火一般的热情向她尽情倾诉,才情洋溢,浮想联翩,胸臆驰骋,情深意浓。

第 [11] 封 · 态度

亲爱的若瑜：

我到京已四五天了，因事忙，现在才写信给你，请你原谅我！我自沪临行时寄给你的信及相片，你都收到了么？我虽然有多少天未写信给你，但我总觉着不安，有天大的事情未做的样子。我的若瑜！我也知道你盼望我的信的心很切呵！我将来大约在北京住了。我很希望你也来北京读书。经费我可以完全担任；若无路费，我可寄给你。不过我恐怕你不愿意。

我现住在公寓内，工作是翻译，没有什么困难的事情。说起来寂寞，我真寂寞得要命！寂寞时，把你的玉照从袋中掏出看一看，假设与你谈笑一番，即时就觉得快活些。我的若瑜！我现在的心恐怕完全是你的了！但是你现在的心呢？

你现在能不能脱身？若能脱身时，倘若你愿意，就请你到北京来。好不好？我现在总觉得你将来对于我的帮助非常之大！不过在别一方面，我又恐怕将来我没有什么成就，要使你失望，要辜负你爱我之心。倘若你现在把我看重了，而将来我不能达到你的愿望，这岂不是我对不起你？况且我终身立志从事于文学——文学家的生活，你是晓得的，大约都是飘泊潦倒的多，难免我将来要连累你；这是我迟迟未向你说明我对于你的心事之原因。昆源兄屡次提起我俩的关系，我都以含糊答之。这并不是因为有什么不满意于你，实因为我恐怕我自己的前途不能符合你的希望……

请你老老实实地说一说，你对于我的态度究竟如何。我们现在要说清楚，免得将来起误会。祝你好！

你爱友侠僧
4 月 26 日

第 [12] 封 · 旅行

亲爱的若瑜：

我寄给你的快信收到了么？

现在我同一位外国的朋友来至内蒙古旅行，大约要旬日光景才能回京。旅行一方面是苦事，而一方面又是乐事：有机会能走遍中国各边区，看一看边区是什么景象、风俗如何、人民文化程度如何，岂不是一件有趣味的事么？

塞北风光无论如何敌不过江南景物！第一，灰尘大得很；第二，荒凉而不秀丽。也无怪乎从前北方的民族都要往南侵，而图占据那景物秀美的江南。说到此地，我又联想到你的生长地——开封了。黄河两岸的景物真是荒凉极了！我这一次北来经过河南的境界,不禁令我回味江南了!信阳的风景如何?

你现在精神如何?忙得很么?我劝你来北京读书,你愿意么?

余容续谈。祝你康健!

你爱友侠僧
5月5日于张家口

第 [13] 封 · 玉影

亲爱的若瑜：

前信收到了没有？

旅行倒也很有趣！同伴除了一个俄国朋友之外，请你猜一猜，还有谁？哈哈！还有你呢！你听了这话，一定要笑我傻了。你现在坐在那学监室里，或立在那讲台上，或同着学生们在那信阳城外的郊野逛逛，怎会现在做我旅行的同伴呢？

若瑜！我并不傻啊！你不曾记得你寄给我的两寸长的玉照？那玉照不是你么？她现在我的身边，她跟着我到处跑，她一刻不离我身，她真是我最亲密的旅伴……但是她是你的玉影呀！她是你的代表呀！我说你现在同我一块儿旅行，你能说我傻么？倘若你忘却我身边有你的"她"，那你才算是傻呢。

在旅行中我不能得着你的信，真是有点令我沉闷！虽然我身边有你的"她"，但"她"不能说话奈何！我对着"她"只有默想，只有……

你在那对溪流默坐的时候，你在静听美妙的音乐——那风声、鸟声、水声的时候，你在那夜阑人静的时候，是否也曾忆起了我，一个在塞北旅行的我？

倘若你愿意，你有工夫，请你尽管照着我北京的通信处写信给我。等我回北京时，我将她们一封一封地细读，我将有无限的乐趣、不可言的愉快！

……

……

这些点子表示我对你有说不尽的话。再会。

侠僧

5月7日于旅次

第 [14] 封 · 燃烧

亲爱的若瑜：

我于昨日回到北京。你前后寄来的三封信，我都收到了。你于我离沪后寄至南成都路的两封信，至今友人还未转给我。我现在写信请友人寄来，请勿念。

这一次的旅行可是把我消瘦了许多！塞外的风土令我回想江南的秀美——我只走到内蒙古与外蒙古交界的地方（多伦），已经弄得我憔悴不堪；外蒙古沙漠的况味更不必谈及了。

但是我此次实得了许多新的见闻——这是痛苦的代价！

若瑜！我的若瑜！你这般爱我，你这般热烈地爱我，真教我向你表示无限的感激！

在这样枯寂的人间里、冷酷的人群中,你居然热烈地爱我,你居然向我表示最亲密的同情,怎能不教我发生无限的感激?若瑜!亲爱的若瑜!我决定承受你的爱,我决定承认你愿意从我所得到的一切,我决定……好!我是你的了,我是你的了!

本来我俩的交情已有了五六年的历史。在这五六年中,你我相互间的了解,可以说已有了相当的程度,非平常一见就恋爱者可比。我相信倘若我俩结合后,我俩的爱情一定可永远地维持,一定不至于有什么痛苦的发生。

若瑜!亲爱的若瑜!我的心已燃烧着热烈的爱情之火。我诚恳地向着你的玉照Kiss,Kiss……

你若能设法现在来到北京,那就好极了!我热烈地盼望你来;我诚恳地等待你来;我急于要同你见面,同你握着手儿谈一谈。

我现在要休息一礼拜,什么事也不做。一礼拜之后,或者我又要到张家口过两三个礼拜,因那边友人硬要求我帮他几天忙。好在北京距张家口不远，只有六个钟头的火车。倘若你现在能来北京时，一定要先几天写信给我，说明何时可到北京。倘若我来不及接你的时候，你可直到钱粮胡同北花园九号阮励甫君家里；阮君不在家，他的夫人奚浈（号沅君）可以照料一切。不过我总设法能够在车站亲自接到你。

你现在或已回家了？你母亲的病况如何？余容再谈，祝你康健！

侠生

5月14日于北京

第[15]封 · 伴侣

亲爱的若瑜：

这几天我休息，什么事也不做，所以我现在又有工夫提起笔来写信给你。昨日寄给你的一封快信，谅已收到了。

你差不多每次写信给我，都说有病，这真令我不安之至！你的身体很不好吗？大约是因为过于操劳的缘故。身体的健康关系一生的幸福，你应当加以十分的保重。我既承认你是我的伴侣了，我从今更有权要求你保重自己的康健了。我的若瑜呀！我的爱人呀！你应当听我的话，你应当执行我的要求。你能爱自身，就是表示能爱我，就是表示对我负责任。我现在决定把我的灵魂寄托在你的身上，倘若你因不康健而受苦，那我怎么办呢？我的若瑜！亲爱的若瑜！从今后好好地爱你自己，好好地看护我的灵魂，好好地……好好地……

　　我知道你接到了我昨日的快信，心中一定很快乐。因为那封信我将赤裸裸的心捧给你看了，我决定了对于你的关系，我将我的一切都贡献给你，我规定了我是属于你的。我现在右手提笔写信，左手持着你的玉照——写一句，Kiss她一下。我心中燃烧着热烈的爱情之火，大约你无形中也感觉得这个热度罢。我现在更感觉到写爱情信是人生极快乐的事情——我现在的快乐不可言状，或者我有生以来，未尝经过这种高度的快乐。我的若瑜！我的爱人呀！

　　我现在唯一的希望，就是你现在能到北京来。说老实话，我真想同你快些见面，快些会聚！我想你大约也同我一样地希望罢。倘若你现在能够设法脱身，那就请你现在来；倘若真正地不能够，那末，也只好待到暑期。不过这一两月的相思怎么挨过呢？至于你到北京后进什么学校，这可等待你到北京后再商议。要进什么学校，就进什么学校，不成为问题。现在的问题，就是你现在能来不能来。

　　你现在或者到开封去了？母亲的病况如何？我祝告她老人家早日病愈！你能就从开封

来北京，那就可以免去学校的麻烦了。倘若我能亲自到车站来接你，那就好极了。我休息一礼拜后，还要到张家口去，前信已经说过。不过张家口离北京只需六小时火车，你能前几日写信通知我，我一定可以亲身到车站接你。请你快些给我信。

          你的侠生

          5月15日

第 [16] 封 · 沉醉

亲爱的瑜妹：

十四号寄来的信，收到了。我到京后共寄两封快信给你，收到了么？照理，我今天应当接到你的复信了，但是竟没有接到，好急煞人也！

我的瑜妹！你的精神为什么这样不好？为什么总是天天沉闷？我恨身无双翼，不能飞到你的面前，用我的全身心、全灵魂——用我所有的一切来安慰你！倘若你的沉闷是因为我，你的精神不好也是因为我，那真是我的罪过，我只有将我所有的爱来报答你。亲爱的瑜妹！你将我所与你的爱做唯一的安慰罢！

你的小照随我到处跑，你的心灵也随我到处跑……瑜妹！我相信你所说的一切，我相信你的心灵为我占有了。你不明白为什么你的心灵要随我到处跑？真的么？我知道这是因为什么——因为你的心灵已经属于我的了；它不得不随着我到处跑，它不得不附着我的身体。

瑜妹！我最亲爱的瑜妹！反转来说，我现在的心灵又何尝离了你片时呢？我，我同你处在一样的境地。

你的诗很可造就。我祝你寄给我的这首诗是做女诗人的开端。瑜妹！我俩都是诗人罢，都沉醉于诗境里罢，都过诗人的生活罢；我俩的一切都诗化了罢。瑜妹！你是我司文艺的女神，你是我看守灵魂的安琪儿，你是我的最贵重的……

我天天盼望你到北京来，如盼望爱神的降临一般，但是你究竟什么时候来呢？大约一定要到假期？这一个多月的相思如何得过呢？我可惜现在也是脱不了身，不然，我久已跑到信阳来看你了。空间的距离真是可恨啊！它隔住了我们不能见面，不能对面谈话，不能紧紧地握着手，虽然，它隔断不了我们的爱慕、我们的消息。

我明天到张家口去。张家口也还好，不过风沙多些。你此后写信可以寄到张家口去，免得由北京转。何时回北京还未定。不过倘若你来北京时，我一定赶到来接你。倘若我来不及时，前信已经说过，你可直接叫人力车拉到阮君寓处；倘若车在夜里到时，你可先住一夜客栈，然后才搬到阮君寓处。阮君家无别人，除其夫人外，只一姐姐。你到时，阮君的夫人一定可以照料一切，请勿虑念！

现在夜深了，亲爱的瑜妹！我与你在梦中相见罢。倘若你梦见我时，请你温柔地、温柔地对着我笑，紧紧地、紧紧地和我拥抱。

祝你康健！

你的侠生

5月18日夜

第 [17] 封 煎熬

亲爱的若瑜：

我回京后共寄三封信给你（其中两封是快信），不知你收到没有？或者你已回开封了？不过我在信封上已写明，倘若你不在信阳，即请门房转寄至开封。大约它们不至于遗失罢。

我现在又住在张家口了。住张家口本非原意，不过因种种关系，不能拒绝。在物质生活方面，比较在北京或上海要贵族些，但我还是不愿意在此地长住。此地虽然也是一个大城市，但因为可玩游的地方太少，实觉有点干燥无味。我总想早日脱离此地。

若瑜！亲爱的若瑜！我现在一切的希望都放在你的身上了。我现在等你如大旱之望云霓。倘若能早日看见你，倘若能早日和你一块儿住，则对于我是第一最快乐的事情。你究竟在最近的时间能否来京？若无路费，则我现在寄几十元给你实不感觉困难。倘若你现在能够脱身，则请你先到北京。到北京后，倘若你愿意，也可到张家口来望望。你入什么学校好些，则可俟你我见面时再讨论——这并不成问题。

我临走时对阮君的夫人奚女士说，倘若你有信给我，即请她迅速地转寄给我。我很盼望在这几天内能够接到你的信。

我现在精神还好，请勿念。不过，向你说实话，相思的苦楚却有点难熬！我相信你也同我一样的心境罢。我的若瑜！什么时候我俩才能握着手谈一谈六年来的相思？什么时候我俩才能把两地相思的苦楚抛去？

你屡次写信给我总说身体不好，这真令我不安之至！你的身体为什么这样不康健？你劝我保重身体，为什么对于自己身体这样地不保重？我的若瑜，请你说一说道理！倘若你爱我，则请你先爱自己的身体，使我安心，使我快乐。我的若瑜！请你听我话罢！

我的若瑜！我现在一切的希望都放在你的身上——这请你要有十分的了解我，要对我负责任……

祝你康健！

你的侠生

5月21日于张家口

寄若瑜妹

今夜月明如镜，

妹妹，我想起你：

倘若你在此地，

我将与你作缠绵之蜜语。

今夜月明如镜，

妹妹，我想起你：

倘若你在此地，

我将与你对嫦娥而密誓。

今夜月明如镜，

妹妹，我想起你：

倘若你在此地，

我将与你对花影而相倚。

今夜月明如镜，

妹妹，我想起你：

倘若你在此地，

我将与你赋永恋之歌曲。

你爱的侠哥

中历闰 4 月 15 夜诗意，21 夜写出

第 [18] 封・抱怨

亲爱的瑜妹：

　　十八、十九寄来的两封信，我都收到了。同时我又接到一封信面是你写的，而信的内容大约是你的学生写的一封信。我实在未想到写信给你，要你到北京来，同时惊动了你的学生。那封信，大约你也是过目了的，骂我不应天天写信给你，要你来北京；在这一层，我的确要向她们认不是。但是她们要晓得，教员是什么时候都可找得到的，而我的爱人却只有你一个，比较起来，到底那一方面重些呢？

　　她们因为我要你到北京来，遂抱怨我不应当使她们的老师与她们分离，也就同我抱怨她们不放你到北京来一样。不过我觉得我还有理些。若瑜！我的若瑜！请你自己下一下判断——是我的不是，还是她们的不是呢？但是话虽如此说，我还要请你替我向她们道歉,请她们原谅我,莫要无辜地再抱怨我。

你现在真不能脱身,我当然不能使你为难,要你一定到北京来。不过暑假你能不能践约,这还是一个问题;不过我总希望你切勿因父亲的反对,遂不能决意来北京和我会聚。你或者爱学生的心思比爱我的心思切,下半年你或者还在信阳也说不定。倘若你真爱我,你暑假一定要到北京来,一定不至于因父母的反对,学生的挽留,就不愿意顺从我的要求了。

也好,现在你不到北京来;我现在也不能住在北京。我现在身体还好,不过事情忙些。张家口地方虽然也不小,但灰土太多,风景毫无,我实在不愿意常住。现同外国人一块住,说的是外国话,吃的是外国饭,日与外国朋友嘻笑,倒也不感觉得十分大寂寞。但是我想念你的心思啊,却没有一刻儿停止过!我的若瑜!你想想,你怎能不是我相思的对象呢?

你愿永远地、诚恳地、热烈地爱我一个

人，我的若瑜！我相信你！请你也相信我罢。我爱你，我永远地爱你，我把我的灵魂交给你，我永远是你的！你坚确地相信我罢！我想，倘若有一个女子真能了解我，真能坚决地爱我，那我无论如何，绝不至于有负于她……我的若瑜！我不是一般时髦的青年，我不是薄幸负人的浪儿……

你已决定此生同我共甘苦么？我曾屡次同你说过，我是一个革命诗人，我是一个反抗者，我将来的生活大约总是飘泊流浪；倘若这一层你不认清楚，那将来你或者会因之失望呢。亲爱的若瑜！你不怕将来我要连累你受苦么？你或者也有点惧怕罢……

你说你的感情把意志战胜了。你以这件事情为痛苦么？你以这件事情为失败么？不，我的若瑜！我们都是人，我们要过人的生活，我们要完满人的生活，我们始终是情感的动物。倘若一个人没有情感，或者他是一个很好很有用的人，但是我决不能承认他为完美啊！

周仿溪君这样地看重我，好生教我惭愧！我虽然想勉力成一个东方平民诗人，但离成功还要差得三万八千里，或者永无成功的可能。倘若我的作品能够博得人一点儿赞许，这虽然是我的荣幸，但是也是我的惭愧啊，我惭愧我不能一时尽我所应当的责任。

倘若周君愿意和我通信讨论讨论，则我表示十二分的欢迎！不过我现在所应当愧歉的，就是我现在非常忙，差不多很少写信的工夫。若教我写一篇有系统的信，那真是困难极了。但是周君若能写信给我，我一定要抽工夫回复他的信。

我的诗集已出版了，但是我自己还未看见。我自己以为其中仅有几首比较还好，其余的也是幼稚极了。

你的肺既然有点毛病，则应当赶紧医好才是！肺病不是可以随便忽略的！你应当少操劳一些，你应当少思虑一些！

珍重！

珍重！

你的侠生
5月25日

第 [19] 封 · **默祷**

亲爱的瑜妹：

二十六日寄来的快信收到了。你寄到北京的两封信，已由奚女士转寄给我了，请勿念。

你的病真已经完全好了？我虽不信上帝，但我要烧心香，为你祈祷，祈祷你永远康健，永远脱离病魔的羁绊！

你的精神为什么有点沉闷？沉闷的原因是什么？我的瑜妹！我倒要知道知道！你教我不要老念着你，这不过是你的话罢了，其实我怎么能不老念着你呢！我最亲爱的瑜妹！你想想……

我俩的爱，我俩可以自傲地说是最纯洁的、最真诚的——纯洁的、真诚的爱应当是永远不灭的啊！

瑜妹，亲爱的瑜妹！我爱你，我永远地爱你；你爱我，你永远地爱我……

我不知道五月二十七日是你的生日。倘若我知道了，我虽然不能远越重山，来到你的面前，为你祝福，但我也要静立十分钟为你默祷。我的瑜妹！我的灵魂！祝你永远地康健，祝你永远承受我的爱，祝你将来为我放女神的异彩。

你分给我的两个小小的书夹儿好玩极了。感谢你，我并感谢阎女士。你教我不要笑你小孩子气，喂！难道我们都要装着道貌肃然的老气横秋么？我们永远要过小孩子的人生——有趣活泼的人生！我的瑜妹！我希望你永远是一个小天真烂漫的姑娘！啊，瑜妹，我的一个小天真烂漫的姑娘！

你现在不能到北京来，也没什么大要紧。我很知道你脱不了身。不过暑假时你再不能说不来北京的话了。你校什么时候放暑假？请你告诉我。

你的母亲回开封了么？倘若你愿意，就请你代我祝她老人家康健。

周仿溪君愿与我通信，我表示十二分的欢迎。但我现在一因事忙，二因不知说什么话好，因此，我请他先写信给我。

你爱的侠哥

5 月 30 日

第 [20] 封 · 女神

亲爱的瑜妹：

五月二十九日的信收到了。

你千万不要生气！你的学生所以这般地设法挽留你，亦不过是过于爱你，不愿与你离别，并没有什么恶意。我并不因为她们写信怨我生气，我很原谅她们。我请你也原谅她们罢。你不必认真与她们计较。伤了感情倒是很不好的事情。

你决定下学期不在二女师教书了，我极端赞成。你还是在求学时代，现在应有求学的机会，无论进学校或是自修，但还是要求学。

你决定暑假来北京看看我，安慰安慰我们六年来的相思，这是我唯一希望的事情！我的瑜妹！我相信你，我相信你绝不至于不践约！固然，真正的恋爱不必斤斤于见面的迟早，但是我们都是人，都具有通常的人的习惯——早些见面总比迟些见面好些；会聚总比不会聚快乐些；握着手儿谈话总比拿起笔来写信要舒畅些。我的瑜妹！你以为？

你因为了解我，相信我，才能这般诚恳地、热烈地爱我——我的瑜妹！这是实在的。我相信你，我相信你。"侠僧究竟能否永远地爱你？"这也是很自然的疑问。凡是一个人过于恋爱某一个人的时候，常常要起许多疑问，发生许多猜度。不过，我的亲爱的，你可不必这样地疑问。你倘若相信自己能永远地爱侠僧，那同时也就可以相信侠僧能永远地爱你了。我的瑜妹，请你放十二分的宽心罢！

读了你这一封信，我更觉着有无限的愉快！我并不以为你是一个贪生怕死的贵族式的女子；不过我有时却想到，普通常因物质生活的关系，或因思想的不同易发生爱情的阻碍。这个我当然不能以为你将来不能同我共甘苦，不过我也同你一样，常常起一些疑问罢了。读了你这封信，我觉得我这种疑问是不必的。此后我在你身上将不发生任何疑问。凡是你所说的，我都完全领受，我都完全相信。我的瑜妹，你是我司文艺的女神，你是我的灵魂，我怎能在你身上发生疑问呢？

海可枯，石可烂，我俩的爱情不可灭！

我的瑜妹！

祝你珍重！

你爱的侠哥

6月3日

第 [21] 封 · 相思

亲爱的若瑜妹：

来信均收到了。

你说你的母亲这几天好了些，这是第一能够使我欢喜的事情。我知道你在母亲病中是如何地忧虑、沉闷和痛苦。但是，妹妹，你晓得我也同你一样忧虑、沉闷和痛苦么？

你说世界上只有我可以安慰你，但是反过来说，世界上除了你，还有谁可以来安慰我呢？妹妹，亲爱的！请你回答一下罢！倘若你的母亲病好时，即请你到北京来，来与我握手，来与我接吻！妹妹，你当然明白这种相思味……

很好，你有许多朋友为你做伴，和你玩笑。你说错了一句话还是小事，惹得她们笑话一场，倒有许多趣味！你为什么说错了一句话？岂不是因为你时时刻刻想来北京么？她们听你把北仓说成北京了，当然要笑你。但是这种笑实有说不出的趣味！

我当然不愿意恭维你，说你的诗做得如何好；但是你对于文学确大可造，这确是事实。我自然要把你当成一个高足女弟子，将来要好好地用力教你。倘若你哪一个字放错了，我或要用手指头刮你的羞脸；倘若你羞哭了，我便跪在你的面前赔不是（先生向学生赔不是），你说好不好呢？喂！我的女弟子，我的妹妹，我的爱人，我的女神！

开封天气热得很么？张家口还好，不十分大热。我近来的身体还好，不过或者有点为你消瘦啊！你能够听我的话，好好地保重自己的身体，这真是我的好妹妹。你的小妹多大了？能够照料家事么？母亲的病快好了罢？

我大约在张家口还要住两个月，两个月之后决定回北京，不愿再到什么地方去。我本打算我和你在张家口过暑假。现在这种计划能成与否，妹妹，这完全靠着你的意思啊！

与你接一个亲蜜的吻！

你爱的侠哥

6月4日

《第捌章》 热盼会面

"我现在也真是有点恋爱狂,不知为什么这般地爱你,总想你能与我在一块!不过我敢相信,现在如你我这样纯洁的恋爱,大约不是多见的。"

两人从第一次通信开始,长达六年,从未谋面,但因为共同的革命理想和信念,两颗心早已紧紧靠在了一起,"你是我活下去的理由"。为此,处于痴情和热恋中的两人迫切希望能够早日见面。

第 [22] 封 · 梦魂

亲爱的瑜妹：

昨天同时接到你两封信，快乐已极！因为事忙，昨天未能即刻复你信，还请你原谅我啊！

我希望天天能够接到你的信，因为别无可安慰我的东西，只有你的信，只有你的信！妹妹！我是你唯一的安慰者——掉转来说，你也是我唯一的安慰者呀！

我讲一句老实话，我没有一刻不念着你，我没有一刻不把你放在我的心里。亲爱的瑜妹！我不愿意拿形容词来形容我对于你的心情，因为这心情是不能形容出来的。惟有你，惟有你能无形的领会呀……

妹妹！暑假一定到北京来？我相信你，我相信你！

你是一个乡下的女子？生长在开封，又在南京读过书，还说是没多到过大城市，好不害臊呀。喂！倘若你真个摸不到东南西北，那可是苦虑煞我了！亲爱的妹妹！你同密斯阎一块儿来北京也好，好教我放心些。不过Miss阎到北京来有无事情？她能为着专门送你？请你告诉我。

你念着我，我念着你——妹妹！我俩永远地念着，我俩永远地念着，念到那海枯石烂的时候……

　　昨夜月光圆，
　　倩心忆河南；
　　关山虽远隔，
　　两地梦魂连。

你爱的侠哥

6月9日于张垣

第 [23] 封 · 神往

我亲爱的瑜妹：

好快活，今天又接到你的信！

我但愿天天能够接到你的信……

今年暑期我本愿回家瞧瞧，瞧瞧我多年未见面的母亲，但照现在的情形，我恐怕暑期无回家的可能了。好在我时常寄信和相片回去，我母亲对于我也很放心。今年寒假，无论如何，我是要回家的。

我现在的确很忙，因为朋友的关系，恐怕一时不能脱身。看书和创作的工夫是很少的。前几日因上海事变①，做了一首诗寄至京报，但至今未发表出来，大约是因为我的诗太激烈了罢。昨天我写了一封信去骂该报记者，但结果如何，还未得知呢。

是的，妹妹，生活太忙了，于身体有

些不好。我总想方法消遣，但总觉干燥——这或者因为没有你在我的面前罢。亲爱的妹妹，你几时才能在我的左右呢？照你的说法，张家口或比开封好些；妹妹，你来北京后，我就请你来张家口玩玩，你愿意吗？我想你一定是愿意的！

赶快来北京，我的亲爱的！

妹妹，你描写你儿时的情况，不禁也令我神往了。是的，我们的黄金时代是儿时。但是儿时已经过去了，我们怎么办呢？妹妹，时间上的儿时虽然过去了，但是心理上的儿时还在保存着啊！我们永远保持着儿时的心境，永远为小孩子，永远地歌、跳、舞、笑……

无论如何，我总忘不了景物秀美的江南！妹妹，你虽生长在黄沙无际的开封，但我想我俩将来应极力设法长住在江南，长领略江南的春意，以补你过去的损失。妹妹，你说好不好？

前天夜里月明星稀，我想起你寄给我的一首诗。我幻想你坐在月下或徘徊月下，对着明月沉思，沉思一个塞北的我……忽儿想起天气甚凉，你受了凉可不是玩的，欲喊几声"亲爱的妹妹！保重！"但是你怎么能听见呢？

亲爱的妹妹！保重！

你爱的侠哥

6月10日

---

①上海事变，指1925年发生在上海的"五卅运动"。

第 [24] 封 · 来京

亲爱的瑜妹：

今天接到你十六日寄来的信，快乐已极！快乐至不可言状！

昨日我还写了一封信给你，问你为什么许久不写信给我——这一封信大约你收不到了。妹妹！我现在最沉闷的事情是收不到你的信，最快乐的事情是收到你的信。

你一个人来北京，还是同Miss阎一块儿来？倘若你一个人来，那我就请你莫要多带行李，并可一直到张家口来。我同你一块在张家口过暑假，暑假后再商量在北京进学校的事情。你看好不好？从信阳到北京不用更车，大约无什么困难的事情。不过北京是你的生地方，从北京上京绥车买票等等，大略有点不方便。这边军官学校要开课，恐怕他们不放我到北京来接你。请你到北京下车时，即喊人力车拉到钱粮胡同北花园九号阮寓。我现在写信给阮君夫人，请她招待你一下。若是你夜里到北京时，则可宿一夜客栈，第二天清早七点钟即叫茶房将你送到西直门京绥车站。八点多钟开车，下午三点多钟即到张家口（车票务必买头二等）。行李务宜少带；有什么缺乏时，到此地再置。到了张家口车站时，即喊人力车拉到八十间房二十七号蒋光慈寓处。一切用费不必过于俭省；若款不足时，可暂借，你来张后，我即将款汇还，请放心。

你可先写一封信给阮君夫人（奚沅君女士），说明什么时候到北京，请她招待你。我现在写信给她，请她帮我一点忙，一定可以做得到。

你到了北京写信给我，我设法来北京接你到张家口来。

出门固是麻烦，但是妹妹，你的胆可放大一点，不要紧。倘若你同Miss

阎一块来北京,那也好极了。她的年纪大些,总可以招呼你。你俩来至北京可先住公寓(东四牌楼大兴公寓还好)。安置好了之后,即写快信给我,我即设法来北京。

我的妹妹!我的亲爱的妹妹!道路上可要珍重了!

祝你一路平安!

你爱的侠哥
6月19日下午

第 [25] 封 · 诗意

亲爱的瑜妹：

很奇怪，你近来不爱写信了。这是因为事忙所致，还是不高兴提笔呢？

你说到开封就有信给我，若然，则我现在久已该接到你的信了。但是现在还未接到，这真教我急煞了。

无论如何，我不相信你暑假不到北京来！大约你也不好意思不来北京罢？前封快信我要求你来到张家口过暑假，你愿意不愿意？横竖暑假你不能进学校；你若来到张家口时，一者你可以休息休息，二者你我也可以团聚了，这岂不是很好的事情？我初到张家口时，觉着甚是不安；现在过惯了，觉着也没有什么，或者比你的贵开封还要好一点也未可知。

我想我俩将来走一条路，我希望你也勉成一个女诗人。成功与否，这当然是不可预料的。但是我们可以抱定一个志气呀！妹妹，亲爱的妹妹！你莫以此为幻想啊！倘若你来张家口时，我想你很可借这个时间来同我研究研究文学，并促长我俩爱情中的诗意。

请你快来！请你快来！

倘若你能同Miss阎一块儿来，那就更好了，因为我可以多放心些。就是你一个人来，妹妹，你要放胆大些，你不是一个初出门的小姑娘，怕什么呢？路费应预备充足些，不够可以暂借；等你一到时，我就汇还去，请你千万放心！

你到北京后，或到阮君寓处，或住客寓，写信给我来接你，或直接就到张家口来。不过你到北京住下后写信给我，我到北京来接你较为妥当。到北京后可写快信给我，隔一天我就可以到北京，便利极了。妹妹！请你放心！

你的父母大约不至于阻挡你罢？我俩的关系和历史，你告诉过你的父母么？或者你的父母不相信你也未可知呢。

我现在的精神很好,因为我对于你的爱情使得我的精神不得不日变好了。

祝你康健!

你爱的侠哥

6月23日

第 [26] 封 · 急煞

亲爱的瑜妹：

今天接到你自开封寄来的信，即时恨不能生出双翼飞到你的面前，帮助你分一点劳苦，安慰你，并且安慰你的母亲。倘若你的母亲见着我这个女婿（喂！我真不好意思说是人家的女婿！并且你的母亲承认我是她的女婿与否，还是一个问题。现在我姑且这样说罢），或者也高兴一点。你见着我在你的面前，或者也把愁苦减少一点。但是，妹妹！我亲爱的妹妹！我现在怎么能脱身呢？此地有几个朋友做事情。他们完全仗着我，我几乎不能离开一步，无论如何，他们是不肯放我走的。这真是急煞我了！我的妹妹！我的亲爱的妹妹！我怎么办呢？我真是急得要哭了！请你原谅我……

　　你现在的生活很苦，我的确很可以想象出来。我不能来帮助你，我真惭愧，我真对不起你……但是，妹妹，我究竟是你的爱人，我请你好好地保养身体，千万别过于愁苦。母亲的病终久是会好的，你切勿过于着急。着急也是没有用处啊。我的妹妹！请你听我的话，请你体谅我爱你的心思，请你千万珍重自己的身体！

　　请你千万莫要虑念我！我现在虽然有点忙，但是心境还好，因为有你做我的安慰者。我固然希望你早到北京来，但是你现在因母亲的病不能来，我绝对不愿意强你为难。你现在可安心服侍母亲，使母亲病好时才到北京来。我现在虽希望你来，但我更希望你的母亲赶快痊愈，使你能早日动身来。

　　此次沪汉惨案①，言之令人心痛！好在中国近来民气发展得多，或不至于有亡国的现象。我知道你对于此次惨案是很愤怒的，但徒愤怒无以救祖国，还望保重身体，留之为将来的贡献。

妹妹！亲爱的妹妹！请你不要念我，请你保重身体，请你安心侍候母亲！

与你接一个最安慰最愉快的吻！

你爱的侠哥

1925年6月25日

---

① 沪汉惨案，指1925年上海的"五卅惨案"和随后6月11日，汉口游行示威群众遭英国水兵枪击，打死数十人，重伤三十多人的"汉口惨案"。

第 [27] 封 · 月色

亲爱的瑜妹：

昨天复你一信，你收到了么？

今天星期，我同两位外国朋友坐汽车到郊外溜了一趟风，精神为之一快。张家口城内虽然不好，但是与城附近的郊外，倒还不错。我们随身拿了照相机，照了许多片子。倘若晒出来好时，我一定寄一两张给你。最有趣的是我们今天本想照几张乡间女子的片子，可是她们起初对我们发生趣味，待到我们拿出照相机时，她们就骇跑了；大约她们怕我们把她们的玉影捉下了，或者是不明白照相机是什么东西，具有什么神奇的作用。

此地妇女擦粉的程度，可算是十足！我们由此可以看出北方文化的落后、北方风俗的野古。我不知因为什么缘故，一遇见擦粉大不像样的女子，就似觉要发呕的样子。

你母亲的病况如何？若你母亲的病还未好，那我请你千万小心服侍，勿以我为念。若你母亲的病好了，那我就请你到北京来，毫不迟疑地来！

今天到郊外游逛的时候，特别地想起你，恨你我不能手携着手儿，以享受这美丽自然界的赐予。人生几何？我们固然要做事，要受苦，但是，这并不是人生的全体；妹妹！我们要快乐！要享福！快乐与享福莫过于月下的相偎、花间的蜜语。妹妹！这是我的意思，你或者以为不是……

昨夜的月色真是再好没有了！我在月下踱来踱去，妹妹！你晓得我忆念你的情绪是如何萦绕而深沉？我少不得几番背诵我上次寄给你的那一首诗：

倘若你在此地，

我将与你赋永恋之歌曲。

你爱的侠哥

7月5日

第 [28] 封 • 猜想

我最亲爱的瑜妹：

又有五六天未接到你的信了。因为什么？妹妹，这真令我好生不安啊！母亲的病况如何？你的身体康健么？事务太多？精神疲倦？我总好莫名其妙地猜想，有时几几乎连饭也吃不下去。

我想，开封的天气现在一定是很热了。倘若你母亲的病还未好，你终日煮饭煨药，忙个不亦乐乎，你怎么能当得起呢？妹妹，我愿生双翼飞到开封来，略略分一点你的劳苦和忧虑；但是，这是不可能的事啊！

倘若暑假中你真个不能来北京，我一定想方法到开封来一次。现在我是这样地想，但是遂愿与否，还是一个问题。

你父亲回家来了么？他做什么事情？在外省，抑在本开封？请你告诉我。

我在此地大约还有两个月住。为着朋友的关系，脱不开身，真是教我没有办法！虽然我现在的物质生活比较富裕些，但这并不能扰动我的心志。两月后一定回到北京，好好从事文学的创作。此生誓勉成一东方诗人，不达志愿不已。我现在因事忙，很少创作的机会，这实是我引为最痛苦的事情。我的《新梦集》久已出版了，你已经过目么？该集中有许多幼稚的作品，我自己也不十分大满意。

此地天气不十分大热，这倒是一件好事情。我现在身体还好，请你勿念。我现在酒也少吃了，很注意保重自己的身体——这或者都是为着你罢？

窗外促织知知地叫，好似故意地扰动客中的情绪——我忆想那江南，我更忆想那为母病而劳苦的，我的爱人！

你爱我，你疯狂地爱我。

只因我是诗人，你是司文艺的神女——"与一个理想的她"。

你爱的侠哥
7月9日

第 [29] 封 · 疑惑

亲爱的瑜妹：

我未接着你的信，已经一个多礼拜了。到底因为什么缘故？真教我莫名其妙！

或者因为邮局的遗失？你身体的不健？母亲的病重？抑或别有缘故？抑或对我发生了误会，不愿再写信给我？到底因为什么呢？你自己就或不能执笔，托朋友代写几句，也未始不可；为什么就长此地下去？你知道我接不着你的信，心中是怎样地烦闷？老实说，我这几天精神却不大好，饭也少吃了；长此下去，我自己也不知道要到什么地步……

我全副的希望放在你的身上，你的一切怎能不放在我的心里，刻在我的脑里？倘若有什么不满意我的地方，请你说出来，或骂我几句，这都没有什么；不过总要使我知道到底是什么一回事！

或者现在我太过于小孩子气了；但是我怎么能不念你呢？

请你务必写一两句话给我，或托人写几句！我现在盼望你的信，就如大旱之望云霓一般；妹妹，你晓得么？

祝你愉快！祝你不要忘却我！祝你的母亲康健，她的病早愈！

你爱的侠哥

7月13日

第 [30] 封 纯洁

亲爱的瑜妹：

　　我久未到R君家去，以至于你的快信今天才接到。原来我不在R君处时，送快信的邮差不愿将快信留下，只留下一快信条，而R君又忘记告诉我，因此，我今天才把这一封快信收到。我老寄信责备你为什么不写信给我，谁知你寄了信，而我未能按时收到呢？我的妹妹！请你原谅我！

　　你的母亲病好些了，这是我最盼望的事情！你这么样地爱母亲，我因为你的缘故，当然也要爱她了。说起母亲来，我对于我自己的母亲已五六年未见着了，当然也免不了诚恳地念着她；好在每次接着家信，她老人家康健还好，并且她的身旁有我的两位哥哥、一位妹妹，不感觉得十分寂寞。我今年冬或者一定要回去看看她，以尽尽为儿子的道理。在实际上，我现在已经成为脱离家庭的一个人了，几几乎与家庭没什么大关系。你呢？当然与我不一样。你母亲只有你一个，你当然要照顾你的母亲；倘若她愿意我做她的女婿的时候，我将来或也免不了所谓"半子"之责罢。你母亲夸奖我有志气，好生教我惭愧！到现在还无所成就，志气云乎哉？不过我总愿意照着她老人家的话做。

你仍要赴宁，这是我的一个大失望！本来你为着求学要到南京去，我当然是不好反对的。不过照着你这一次的信，可以概括你仍要赴宁的原因：

1．你父亲反对；

2．故友阻拦；

3．南京教育比北京好；

4．东大未毕业甚为可惜；

5．许多人讥笑你太过于爱我，倘你到北京来求学，一定旁人要说你是专为着我的要求，才来北京求学。

6.……

7.……

关于这些原因，我现在不愿意多加辩驳，好在你已答应一定要到北京来看我，等我俩见面时，才解释得清楚。你真决意仍到宁求学，一定要到宁求学，我也没有什么话说，我怎好意思反对你读书的计划？人家岂不要骂我？其实受人家骂也不算一回事，我与我爱人的事情，与他人什么相干？谁个也没有骂我的权利！不过一定要反对你的意志，我倒是不愿意的。

你因为爱我，久为许多人所注意，所讥笑；我真不知人们为什么好这般多事！恋爱是两方面个人的事情，与他人有什么关系？你的那一位学生真有趣，居然替你作起恋诗来了。诗虽做得不十分大好，可是倒还有意思、有趣味。倘若我见着她的时候，我或者要说一句，"小姑娘的是可人"！

我最亲爱的妹妹！你心目中现在只有一个我；你知道我除了你而外，谁个还能在我的脑海中有一个位置呢？我现在也真是有点恋爱狂，不知为什么这般地爱你，总想你能与我在一块！不过我敢相信，现在如你我这样纯洁的恋爱，大约不是多见的。你以为？

我现在的精神枯寂得了不得，除非你用点甘露将我的精神洒一洒，除非我能在最近的时间与你见面，大约是不会发生什么兴趣的。妹妹！亲爱的妹妹！你知道我现在的境况么？

倘若你能发慈悲，下决心，真到北京来，我一定到北京来，来与你接一接恋爱的蜜吻！

你爱的侠哥

7月14日下午

第 [31] 封 · 寄托

亲爱的瑜妹：

七月十四日的来信，收到了。

妹妹，你为着我挨受苦痛，我一方面表示感激，一方面又甚觉不安。我相信你所说的话，一切都是真的。二女师的校长及学生真是奇怪，为什么这样勉强人呢？你成了他们的所有物了不成？固然她们并没有怀着恶意，但是如何能有这样强迫的行动呢？女教员除了你就没有了？我不相信！她们未免太不懂事了！

你仍然决意要赴宁！我真不知南京与你有这般的因缘；似乎除了南京，别无可以求学的地方。东南大学的教授们，我是知道的，较之北大教授们，无论在思想上、学术上，都未免要逊色——你以为他们是怎么样的了不得，那可真是错误了。我并不是因为要你到北京求学，才这般说东大不好。其实这是不可掩灭的事实。我也当过教授；教授们的本事，当然是瞒不了我的。

我最亲爱的妹妹！你不要以为我妨害你求学！我想，倘若你在北京求学，能使爱情与求学两得其便，岂不甚好？说起文学和社会学来，那我不是吹牛，大约很可以帮助你一下。你为什么不愿意我同你一块儿研究呢？说到毕业不毕业一问题，我却把此问题看得太轻了；况且在北京的学校就不允许你毕业么？或者你到南京另有什么用意，不然，我倒劝你打消到南京求学的念头。

妹妹！我因为爱你过甚，所以我不怕向你说直话。你大约不至于见怪我罢？你爱我，你对于我的诚意，我都十分地明白。我或者也料到你受家庭的压迫，不能像我一样，可以行动自由。我与你的关系，你父亲知道么？他反对？请你照实告诉我！我呢？我是一个很自由的人，谁个也不能干涉我。

你母亲既然好了，你可以离开家了，我即请你到北京来。北京离开封不远，你以后可以时常回家看母亲，我决不反对。但是你一定不愿意同我一块儿住，而藉口于南京什么教育、什么未毕业可惜……老实说，我真不以为然呵！

信阳的事情，我劝你绝对不要再干了！长此下去，你将长此成为一个机械的教书匠，并你的学问也决不会有什么进步的。倘若你能来北京，我与你住在一块，一方面可以享爱情的乐趣，一方面也可以有互助的进步。倘若你愿意同我走一条路，我一定尽力帮助你在文学上有所成就。倘若你研究什么心理学、教育学，这是你的事情、你的志愿，我也决无反对的道理。

我本预备跑到开封来，看看你及你的母亲；但现因环境的限制，不能如愿以偿。今天我与两个朋友几几乎吵起来了；因为我要请假，而他们不允许，说我一走，什么事情都完了，不能进行，并拿大道理来压我。妹妹！亲爱的妹妹！请你原谅我的苦衷呵！我真不知道我怎么办是好……

我天天盼望你到北京来！我希望你能不辞而逃！一切用具衣裳……到京后不成问题，可以重新置齐。你到京后，顶好在奚女士家住，因为她的为人很忠实，并且她现在很寂寞，很希望你来做她的友伴。你到京后，即写快信给我，我即搭车来北京，一切事俟见面时再讨论。

张垣天气不大热，我现住的地方也很好，因此我很希望你能来玩一玩。

妹妹！亲爱的妹妹！我现在的生命完全寄托在你身上，你对于我的关系是如何的伟大呵！

塞北情心切，

河南想念深；

关山恨远隔，

且向梦中寻。

你爱的侠哥

7月18日夜12时

第 [32] 封 · 健康

我最亲爱的瑜妹：

前信收到了么？我预料昨晚不得着你的信，今早一定可以得到你的信。但是现在还未得到你的信，未知是何缘故。

自从与你见了面之后，我的心境更转到愉快的方向。此生此世不愿再有别的想望——你是我唯一的爱人，你是我司文艺的神女，你是我灵魂的寄托者！我的瑜妹！亲爱的瑜妹！海可枯，石可烂，而我对于你的爱情永不消灭。妹妹！你相信我，你切不要对于我发生点儿疑虑。不错，男子靠不住的居多数，但是，妹妹，我不是那样的人呵！我敢说一句我愿永远地爱你！

我现在精神很好，这大约是你的功劳，我不得不感谢你。从今后我更要保护这区区一身的健康，以安慰你的注意，以愉快你的心境。昨天吃了一瓶啤酒，把头弄昏了，过后我想起你来，我又后悔得了不得。你不是劝过我少吃酒么？我忘了，该打！该打！

你的肺病还未尽去，这是一件极危险的事情。肺病就怕过于劳苦，一定要长时期的休养才能好；因此，我总愿意你今年休息一学期，明年再做进学校的打算。妹妹！身体不养好，什么读书、什么做事，都是不能进行的呵！我的爱！你听我的话罢！

张家口为避暑的好地方。倘若母亲来北京时，我想你可同她一阵来张家口，请她老人家休息一休息。你的意思如何？我想你应当允许我的请求。妹妹！你愿意么？

现在我要上课去了。再谈！

与你接一个亲密的吻。

你爱的侠哥

7月30日于张垣

请你每日写信给我！

《第玖章》 经受考验

宋若瑜的父母知道她和蒋光慈在谈恋爱后,就开始把关。宋母和宋若瑜一起来北京见蒋光慈,又私下去他的安徽老家打听清楚情况。此时宋若瑜患了严重的肺病,还有传染性,她一度想放弃这份爱情。但蒋光慈坚决坚持,而且不顾宋母劝告,执意要跟宋若瑜结婚,并积极奔走为她治病。

第[33]封 • 黯然

亲爱的瑜妹：

来信收到了。

旅馆握别，你怅然若失，我亦黯然魂消。未见面时，天天想见面；谁知既见面时，又不能久聚。本来你可以同我一阵来张垣，然而你不愿意，我当然没有办法。

照我的意思，我俩当然可以即时同居。你要经过正式的仪式，我当然也不好反对。母亲来京时，请即时来信通知我。若她不能来时，我请你还是到张垣来避暑，休息一下。借着休息的时期，你一可以好好地看点书，二可以与我研究点文学，三可以与我学点俄文，预备我们将来同阵到俄国去。同时，我也可以不感觉得个人的寂寞了。

你的肺病还未断根，我以为最好把它休

养好。肺病最怕多劳心，多用力。今年你大可以休养一下，明年再做求学的打算。这是我的意思，当然不能硬强迫你服从。不过，妹妹，你要体谅我对于你的诚意！

请你莫要多念我！妹妹！我是不会辜负你对于我的爱情的，你可以千万放心！

倘若你来张垣，或者也可以做点小事情。前天冯玉祥同我谈话，他愿意做点解放妇女的事情，但苦于无人才。我说，若令夫人愿意做解放妇女的事情，我或者可以找到一个人帮她一点忙，于是我就提到你了。当时他很高兴——这不过向你报告一个消息，可以不必认之为真。

妹妹！你的精神务必要愉快！你想想，倘若你有什么烦闷的事情，我能安心么？我能不因之烦闷么？亲爱的妹妹！你体谅我呵！

我这一星期恐怕不能来北京。

与你接一个亲密的热吻！

你爱的侠哥
30 日

第 [34] 封 牺牲

亲爱的瑜妹：

我现已平平安安地到了张垣，请勿念。

此次在北京住两日，尝尽痛苦与爱情之滋味。我生性本来强傲，不愿受任何人的气，但是，妹妹，为着你，为着体谅你，为着爱你，我不得不把我的脾气忍下去，不得不把原有的主张牺牲一点。妹妹，我想你是明白这一点的。

你的母亲不能了解我，这是当然的事情，这并不能怪她。不过我最奇怪的，她不能相信你，始终把你当成小孩子。以我的眼光看来，你算世界上最可相信的一个人了。

我本来是不问家事的人，而人们硬要问我的家事；我本来可以把家事丢开不问，而人们硬要把我与家庭连在一起，这真是使我痛苦的地方。也或者我的思想太新了，我的心理已经与人们不同，但是，妹妹，这如何改得过来呢？

我几次教你丢开我……我的妹妹！你知道这是如何地勉强？说这话时，我心里是如何地痛苦？说这话时，我几次要哭起来！倘若你丢开我，妹妹，我此生将无任何的兴趣了……

妹妹！你爱我的真切真教我说不出来我的感激！但愿你始终保持这种对我的爱……

我呢？妹妹，我已向你说过了，你是我唯一的爱人。除你而外，我无任何的希望。即使你把我丢开了，我也再不会爱第二个人，我将过一生流浪的生活。但是，妹妹，我相信你对于我是极忠诚的，你决不会把我丢开……是不是呢？

现在我一切都依从你。

你母亲去打听我家内的状况，我虽然以为可笑，但决不反对。若早日打听清楚，我俩即可早日完成，倒是好事。但是，我已经向你说了，倘若中途有什么危险，我可是负不了这种责任。今将我父亲写给我的信寄给你看看，你就知道我所说的话真不真了。我以为她老人家顶好等平静一点再去打听，或现在写信到我家去问问也好。你以为如何？

我疲倦极了，再谈罢。

你爱的侠哥

8月3日夜4时

第 [35] 封 • 坚信

亲爱的瑜妹：

我每逢烦恼的时候，一想起你来，就得了不可言喻的安慰。妹妹！你是我司文艺的神女，你当然是我唯一的安慰者。

八月四日北京寄来的信，收到了。你永远丢不开我，我此生更不能丢开你。你是我灵魂的寄托，我谅你能永远伴着我。

不怕困难才是真爱情。我俩爱情非一般的可比，当然不因一点小挫折即有所更变。妹妹！我相信你，我永远地相信你！

我回张后寄给你的信，收到了么！

一路平安？近来身体如何？我为你珍重自己的身体，你也应当为我珍重你自己的身体呵！

事忙再谈！

你爱的侠哥

8月6日

第 [36] 封 · 拥抱

亲爱的瑜妹：

　　从北京及八月七日从开封寄来的信，均收到了，请勿念。前寄至开封信一封及相片一张，你收到了没有？

　　我前几天因为骑马，把人累病了，现在才好。骑马本是有趣的事情，但因为我的身体不大强健，致不能经受马的颠跑，真是可惜。

　　妹妹！你爱我的程度，我知道十分透彻。你没有什么对不起我的地方；你为着我跑到北京来，并把年老的母亲也弄得奔波几千里，你还有什么对不起我的地方？亲爱的妹妹！你对我没什么错处。就是有错处，我也能原谅你，请你相信我啊！

　　爱情愈经痛苦愈坚固，或者我们现在

因爱情所受的痛苦，更能使我们将来的爱情不至于有什么波折。海可枯，石可烂，我们的爱情永远不能灭。妹妹呀！我们以此为信条罢！

我很愿意同你拥抱着一块儿跳到长江的波浪里、大海的狂涛里——我俩永远地、永远地相偎，相抱，相聚，相恋以终古！但是，妹妹，我决不愿与你一块跳到那沙土混浊的黄河里——那黄河混浊不是我俩鸳鸯的葬身处。妹妹！你说我的意思对不对呢？

我现在很愿意知道你母亲和父亲对于我俩的事情做什么打算；你到南京去么；我俩的事情你是否完全依着父母的主张；倘若你父母不愿意，你将如何对付——这些事情，请你莫要含混地告诉我。我的家庭简直不成问题，我久已向你说过，我已经是一个实际上脱离家庭的一个人，家庭对于我可以说无点儿权威了。不错，家庭不愿意我在外边结婚，与他们用媳妇抱孙子有妨碍，但是，这对于我有什么影响呢？

我很能相信你能始终坚持爱我的态

度，决不至于为环境所转移！我呢？你大约也可以相信我，相信我不至于如一般薄幸的男子！

与你接一个亲密的吻！

你爱的侠哥

8月11日

第 [37] 封·反抗

瑜妹如握：

读八月十日由开封寄来之快信，悲喜交集：吾妹为爱我故，而备受许多之谣言与痛苦，实令我深感不安！吾妹虽备受许多之谣言与痛苦，而仍不减对我之爱情，斯诚令我愉快已极，而感激无尽也。

北京会晤，畅叙数年相思之情怀，更固结精神之爱恋，诚为此生中之快事。孰知风波易起，谣言纷来，致吾妹感受无名之痛苦，扪心自问，我实负其咎。斯时我身在塞北，恨不能即生双翼，飞至吾妹前，请吾妹恕宥我之罪过，而我给吾妹以精神上之安慰。

惟我对吾妹有不能已于言者：社会黑暗，习俗害人，到处均是风波，无地不有荆棘，吾侪若无反抗之大胆及直挠不屈之精神，则将不能行动一步，只随流逐浪为被征服者可矣。数千年男女之习惯及观念，野蛮无理已极，言之令人可笑而可恨。中国人本非无爱情者，惟爱情多半为礼教所侵噬，致礼教为爱情之霸主。噫！牺牲多矣！今者，吾侪既明爱情之真义，觑破礼教之无人性，则宜行所欲为，不必再顾忌一般之习俗。若一方顾忌习俗，一方又讲恋爱，则精神苦矣。父母固为爱子女者，然礼教之权威能使父母牺牲其自身子女而不顾，戕杀其子女而不惜；子女若欲作礼教之驯徒，则只有牺牲爱情之一途。吾妹若真健者，请千万勿为一般无稽谣言及父母指责所痛苦，置之不问可耳。我深不忍吾妹因我而受苦痛！吾妹若爱我，则斩钉截铁爱我可耳，遑问其它。若真因我而受苦痛，而又不能脱去此苦痛，则请吾妹将我……

吾妹之受痛苦皆为我故，斯诚为我最伤心之事！我将何以安慰吾妹耶？近来每一想及我俩身事，辄唏嘘而不知所措。我本一飘泊诗人，久置家庭于不顾；然吾妹奈何？人生有何趣味？恋爱亦有人从中干涉，所谓个人自由，所谓人权云乎哉？

噫！今之社会，今之人类！

吾妹！我永远不甘屈服于环境！我将永远为一反抗，为一赞诵革命之诗人！

珍重！珍重！

侠哥

8月13日晚10时

第 [38] 封 担忧

亲爱的瑜妹：

　　接到你自开封十二日来的一封信，我真不知我发生了什么样的感觉。妹妹！你现在的心境居然到了如此的地步，这如何使我不安呵！亲爱的妹妹！我对不起你！你为着我，受父母的指责及人们的毁谤——这都是我的罪过，请你原谅我。我再也没料到你现在陷到如此的状况。妹妹！我用什么方法来安慰你呢……

　　我现在没有什么话说。我只请你注重你自己的身体！倘若你有什么好歹，你教我怎么办呢？我也只有……

　　亲爱的妹妹！我哀求你莫要胡思乱想！莫要糟蹋身体！莫要忘记我为着你不安……

　　无论人家怎么说是非，妹妹呀！我始终爱你！

　　亲爱的妹妹！我哀求你保重身体！

你爱的侠哥

8月17日

第 [39] 封 · 宽心

亲爱的瑜妹：

你八月二十四日寄给我的信，由张垣转来，我收到了。我到京后共寄两封信给你，你收到了么？我很奇怪，为什么你老说好久未接着我的信？当我还未离张垣时，我还记得，也曾寄了几封信给你，难道你都没收到么？

妹妹！你又病了？你为什么这样子多病？你说头晕，头晕多半由于忧虑，你为什么要这么忧虑呢？请你听我的话，莫要因为小事就忧虑起来，而把自己的身体弄得不康健！

我怎能忍心不写信给你？无论在何种状况之下，我都不能把你一刻儿忘却。我既然认定你是我的安慰者，难道我能把自己的安慰者抛却吗？我亲爱的妹妹！请你放宽心！

我现决定在北京再住一月，或者这半年就完全在北京住下。等住了一个月再看。倘若上海大学还要请我去的时候,那我一定还到上海去。我现住在公寓里,一个人实觉无聊。有爱人而不能在一块儿住,这种滋味实在不好尝。妹妹!你现在能到北京来么?倘若你能来北京,那我真要欢喜跳跃了!东大现弄得不成样子,二女师又不必再干下去,请你还是来北京好。

你母亲又病了?这又是你的累!我的家中情形,她已进行调查了没有?我真不愿意长此耽搁下去。我想你的身体这么不康健,倘若我俩早日结婚,或者要好起来,因为这于生理精神两方面都有很大的关系。我很希望我俩早一点在一块儿同居,免得两地不安的麻烦!

我总觉着你做事太多顾忌了。多顾忌这也是使你的精神不畅快的原因。妹妹!你说是不是呢?

我现住在北京达教胡同文华公寓二十一号。请你快写信给我!

祝你康健并愉快!

你爱的侠哥

9月2日

第[40]封·倘若

夜坐无聊，明月在窗外窥笑，神思为之惘然。倘卿在身旁，蜜吻偎倚，当不至令嫦娥笑我为孤寂人也。

快信收到否？

侠僧
9月4日夜

《附录》蒋光慈致吴似鸿的两封信

婚后不久,宋若瑜就病逝了,蒋光慈一度陷入悲痛不能自拔。三年后,经田汉介绍,蒋光慈与南国社演员吴似鸿在1930年春同居。两人度过了一段短暂的幸福时光。1940年9月5日至11月20日香港《大风》半月刊上,吴似鸿发表了《光慈回忆录》,披露了蒋光慈写给她的两封信。这两封信写于1931年。

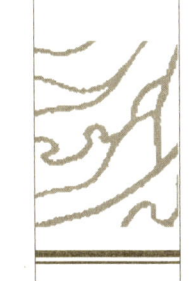

第[1]封 西湖

阿鸿：

前天接到你的信，可是今天才提笔复你，这是因为久未提笔，一时懒于提笔的缘故。

你又扑入西子①的怀抱了。虽然西子对于你是熟人，然而在此春光明媚之中，你又能享受西子的温柔，这不能不说是你的福气。

走遍不少地方的我，独对于相距咫尺的西子，未曾瞻过一次的芳颜。西子虽美，然而飘泊的诗人无缘奈何！

我近来身体好得多了。饮食渐入轨道。陈妈本不会做菜，可是我近来指点她如何做法，她因之进步得多了。这是我向你最堪告慰的事情。

一时还不敢工作，俟病完全养好了再说。你近来饮食如何？身体好了一点吗？念念！请你注意！西子的芳唇虽然甜蜜，可是多吻了，那是会令你沉醉呢！

想像着穿着白衣的昌瑞②，立于湖滨手攀着柳丝，面对着碧绿的湖波微笑着而沉思着，那该是多么一幅美丽的图画呵！阿鸿！这画图只有你看得见。

下次再写。祝你快乐！

你的哥哥
5月12日

---

①指杭州西湖。②昌瑞指吴似鸿在绍兴女师的同学任昌瑞，此时在西湖艺专读书。

第[2]封 冷淡

阿鸿：

我又在病床上躺了几天，这原因是：一，我吃了三顿广东包饭；二，我吃了发散药，而我的体质经受不住。你看我该是多么倒运呵！

近两天又好些了。我改为纯粹吃素面、饭，一点荤油都不尝，这样我觉得很舒服。也许吃得时间久些，会把我的胃病完全吃好了也不定呢。现在我虽然觉得很体弱，但是人很新鲜。我吃的补品是牛奶、牛肉汁（买的）和鸡蛋。

你现在怎样呢？在病中虽然无力写信给你，可是一颗心总是挂念着你的。

你说，我太冷淡了。唉！阿鸿！你也没有替我想想，像我现在的身世，由这身世而造成我的这种心境，怎么样会不冷淡呢？我的安慰是什么？谁个给我的热情？我的热情恐怕已用尽了，而我所得的报酬是些什么呢？朋友的情谊吗？爱人的抚慰吗？社会的同情吗？唉！我怎么样能不冷淡？我又怎么样会把热情兴奋起来？天哪！我只有痛哭而已！

已矣，阿鸿！多谢你对于我的希望，然而我是没有什么大希望的了。在病中苦恼的时候，本拟完结这个痛苦的生命，然而不知为什么，还有一点什么微细的希望是什么呢？连我自己也弄不清楚。若不是陈妈，那我简直不知道将如何度过这次的病。她现在成为我的唯一的亲近的人了。唉！钱[1]没有来，我也很久没有去。现在我不为他所需要了，他为什么要花费时间来看我呢？惟有老汪[2]还时常安慰我，指责我，像一个真正的朋友。

在你身体未好之前，我想，你不必急于回上海来。

杜[3]处，上礼拜日才去了一次。

祝你早日康健！

你的哥哥

6月7日

---

[1]指钱杏邨。此处是蒋光慈对钱杏邨的误解。[2]指亚东书局老板汪孟邹。[3]指绍兴杜海生。

出版后记

1.本书共收入97封信，其中蒋光慈致宋若瑜书信40封，宋若瑜致蒋光慈书信57封。另外附录中还收入了两封蒋光慈写给吴似鸿的信。

2.本书能够顺利出版，离不开蒋光慈研究专家吴腾凰先生细致耐心的辛勤付出，再次深表谢意！

3.因为年代久远，蒋光慈的手稿、手迹、图片等原始资料保存下来的很少，因而此次出版能够搜集到的这方面资料少得可怜，实属遗憾。

4.这些书信写于20世纪二三十年代，鉴于民国时期的特殊情况，一些遣词造句、语法、表达结构、人名地名之类的翻译等与现在的写法、用法等有或多或少的差别。比如，身分和身份、照想和照相、联带和连带、那末和那么、至友和挚友、帐和账、少和稍、走头无路和走投无路、象和像、一起和一阵、那和哪、其它和其他、唯有和惟有、一起和一齐、安琪儿和安琪尔等；还有个别可能是作者独特的方言或习惯，如"请你不要悬念我",结合上下文意思为"请你不要挂念我"等。在编辑过程中,我们尽量遵照手稿的原貌,对这些问题全部原汁原味地保留,目的就是力图为读者还原蒋光慈宋若瑜情书原貌。

5.为便于阅读,在每封信上加了一个小标题,以方便读者更好地阅读。

6."美丽情书"系列是一个成长中的图书出版项目,我们一直在探索和实践"原汁原味反映民国大师情书原貌"和"当下语言文字阅读习惯与编校质量要求"两者之间平衡的"最优解决方案",且一直在动态地调整与改善。上述处理方式若有不妥之处,敬请批评指正。

中国青年智库论坛办公室

(新青年读物工作室)